RYU NOVELS

日布艦隊健在なり

米軍、真珠湾奇襲！

羅門祐人　中岡潤一郎

CONTENTS

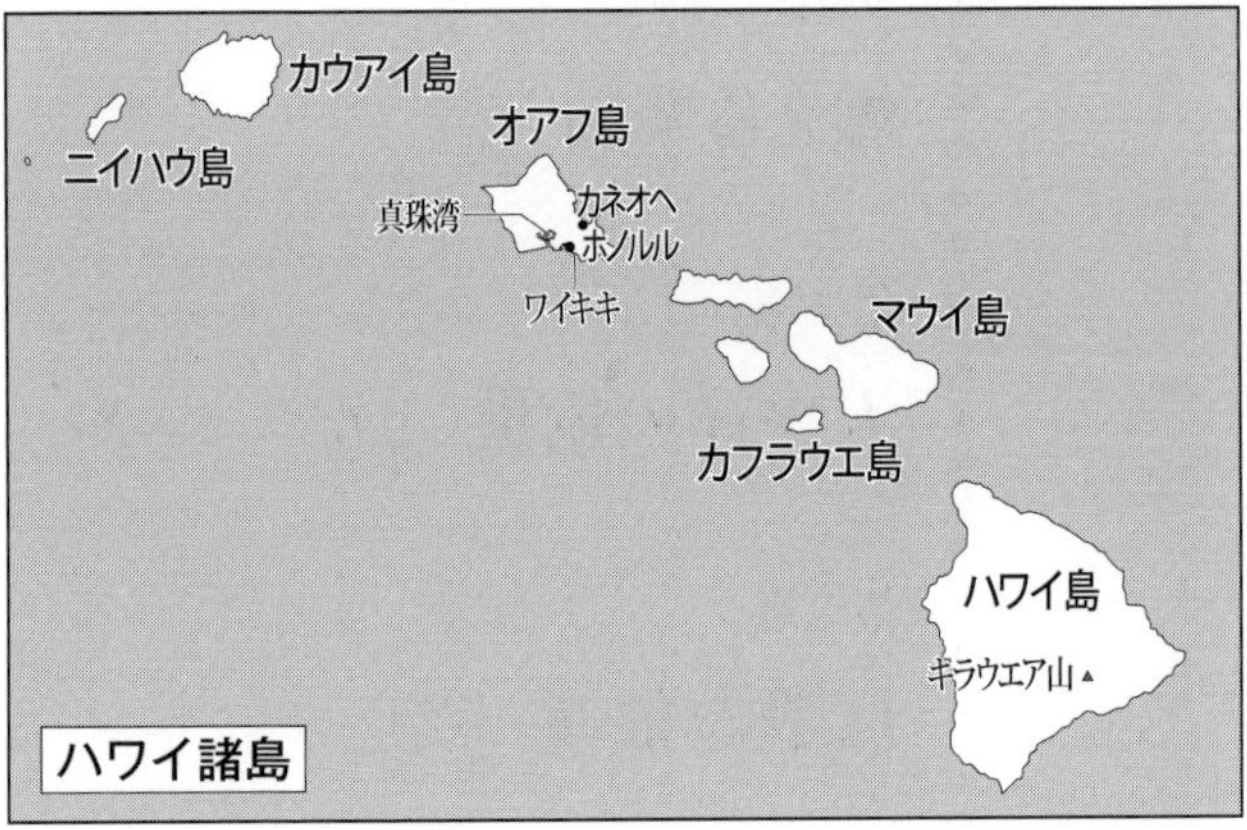
カウアイ島
オアフ島
ニイハウ島
カネオへ
真珠湾
ホノルル
ワイキキ
マウイ島
カフラウエ島
ハワイ島
キラウエア山
ハワイ諸島

プロローグ◎燃える楽園

一九四〇年九月二〇日　オアフ島上空

中山三四郎《なかやまさんしろう》二飛曹は、唇を噛みしめたまま操縦桿を倒した。汗ばんだ手には自然と力がこもる。

右前方には黒い煙が幾筋もあがっていた。風が強いせいか、左から右へたなびている。

右の一本はとりわけ大きく、煙幕のように広がって港を覆う。

もうここまでやられているのか。

中山がフットバーを蹴ると、九八式艦上戦闘機は風を切って美しい島に接近する。南端のビーチをかすめるようにして、港の上空に飛び込む。

「ああっ！」

眼下の光景を目撃した途端、中山は悲鳴をあげた。

真珠湾が燃えている。

太平洋最大の拠点は爆撃を受けて、数箇所で火災が起きていた。最もひどいのは、布哇《ハワイ》艦隊司令部の周辺だ。赤い炎が石造りの建物を焼いている。

燃料タンクに引火したせいか、火柱は一〇〇メートル上空からでもはっきりと見てとれる。時折、小さな爆発も起き、そのたびに火勢が激しさを増す。

湾内のカメハメハ島も打撃を受けている。

飛行場は爆撃で大穴があき、施設も無惨に粉砕されていた。滑走路の脇には味方の機体が残骸となって散らばっており、その数は一〇を超える。

人の動きはない。普段なら中山が上空を通過すれば、整備員が手を振ってくれるのに、今日は気配すらない。もちろん、離陸作業をおこなう搭乗員も見えない。

中山が視線を左に転じると、大きな爆発が湾内で生じた。二度、三度とつづく。

機体を降下させて近づくと、無惨に傾く船体が見えた。

「壱岐《いき》が……」

改装空母の壱岐が、カメハメハ島の西で炎上していた。大きく傾いた姿から見て、湾内に着底しているのだろう。

炎は飛行甲板の後部から広がり、右舷の島型艦橋を焼いている。

壱岐は日本帝国海軍が建造した最初の実戦型空母で、全長は二五五メートル、基準排水量は二万四〇〇〇トンに達する。元は戦艦の岩城《いわき》型であり、速力三〇ノットを叩き出すために大幅な改装をおこなって、なんとか完成にこぎ着けた。

中山も着艦したことがあるが、老朽艦とは思えないしっかりとした構造で、安心して降りることができた。飛行長の長瀬和夫《ながせかずお》中佐とは旧知の仲で、酒の席で何度も壱岐の自慢話を聞かされている。

その壱岐が無惨な姿をさらしていた。真珠湾から出撃することもできず、一方的に敵の攻撃を受けた。

はたして乗員は無事なのか。脱出したのか、それとも今でも火を消し止めるために艦内にとどまっているのか。

壱岐の前方にも、被害を受けた艦艇がいる。

ハワイ王国巡洋艦のカイホロだ。帝国海軍の巡洋艦、箱根《はこね》型と同型で、基準排水量は八八〇〇トン、六〇センチ四連装魚雷を一〇基も搭載する怪物である。

　重雷装の巡洋艦としてハワイの防備に備えるはずであったが、艦尾を吹き飛ばされて、船体の半分が隠れていた。

　火災もひどくなる一方で、前檣楼《ぜんしょうろう》も時折、炎に呑まれている。弾薬に引火したら、それで終わりであろう。

　左下方にも燃えている艦艇がある。艦種はわからないが、相当な被害であることは間違いない。

　停泊していた艦艇は大打撃を受けていた。

「よくもやってくれたな、米軍め」

　中山は毒づく。自然と操縦桿を握る手にも力がこもる。

　まさか、アメリカ海軍がこのような形で攻撃をかけてくるとは思わなかった。

　アメリカと大日本帝国、そして帝国の同盟国であるハワイ王国との関係は悪化しており、開戦もありうると考えていた。

　しかし、戦うのであれば、もっと異なる形になると思っていた。正面からの打撃戦か、あるいは内地の艦隊と手を取りあっての大空母戦を想像しており、太平洋の命運は歴史に残る一大海戦によって決着がつくと見ていた。

　それが、米軍の真珠湾への奇襲という形で、戦争ははじまってしまった。予想外の攻撃を受けて、真珠湾の基地施設はダメージを負い、艦隊も麻痺状態である。

　反撃に転じているのは機動部隊の一部だけであり、他の部隊は状況すら把握していない。

　いや、中山の部隊ですら正確な情報はつかんでおらず、偵察のために艦偵はおろか艦爆や艦攻、さらには戦闘機隊にも出撃をかける有様だ。

おそらく、中山の部隊が最初に真珠湾上空に飛び込んだのではないだろうか。今頃は報告を聞いて、第二機動部隊司令部にも衝撃が走っているはずだ。

「オアフの街は……」

中山が首を右に向けるのと、飛行帽のレシーバーから声が響くのは、ほぼ同時だった。

「オアフ……王宮……攻撃……炎上」

あわてて視線を転じると、島の南側に煙の筋が見えた。ちょうどホノルルのあたりだ。

無線の報告が正しければ、王宮が攻撃を受けたのかもしれない。その流れで、中心街が被害を受けたこともありうる。

米軍は基地施設だけでなく、市街地も攻撃したのか。

確かにホノルルの街には帝国陸軍の兵が駐屯しており、衛戍地《えいじゅち》もある。だからといって、街を攻撃していいことにはならないだろう。

多くの非戦闘員が巻きこまれることになる。ましてやホノルルの郊外には……。

中山の脳裏を、少女の顔がよぎる。

思いきりスロットルを開くと、九八式艦上戦闘機は上昇に入る。

プロペラが激しく回り、翼は熱気につつまれた空気を切り裂いていく。

「どうして、こんなことに……」

日本、ハワイ、そしてアメリカの歴史は複雑に絡みあっている。歴史の切所《せっしょ》で少しでも違う判断をしていれば、この事態はなかっただろう。

ハワイ王国が大日本帝国と手を結び、アメリカと対峙《たいじ》する姿勢を見せたことは間違っていなかったと思う。強い姿勢を見せなければ、アメリカがハワイを制圧していたかもしれないのだ。

しかし、楽園は重大な危機に瀕している。しかも、これははじまりに過ぎず、さらに事態が悪化する可能性もある。
はたして、この先はどうなるのか。
操縦桿を固定しながら、中山は開戦までの経緯に思いをはせる。
そう、すべてはあそこからはじまったのだ……。

第一章◎太平洋の危機

1

一九四〇年九月一五日　ハワイ王宮

山口多聞《やまぐちたもん》少将は自分の席に腰をおろすと、ゆっくり汗を拭《ふ》いた。

強い日差しが開けたままの窓から降りそそぐ。すでに九月半ばであり、日本国内ならば涼しくなる季節だが、ハワイはあいかわらず汗の止まらない日々がつづいている。

湿気が少ないこともあり、朝夕は涼しく感じるが、それで昼の熱気がやわらぐわけではない。二年をかけてようやく慣れてきたところで、なかなかに厳しい。

山口が視線を転じると、突き抜けるような青い空が見える。蒼穹《そうきゅう》と呼ぶにふさわしい景観であり、日本国内とは色が違う。マーシャルやトラックとも違う青さだ。

ハワイにはハワイにしかない空気があり、それが周囲の情景を違ったものに見せている。楽園と呼ばれるのもうなずけるところがある。二年間ハワイで暮らせば、そのあたりは自然とわかってくる。

山口は口を結んで気を引き締めると、周囲を見回す。

長い黒檀《こくたん》のテーブルには、すでに関係者が顔をそろえていた。いずれもハワイ王国の安全保障にかかわる人物ばかりだ。

彼の右手に座るのは、帝国海軍ハワイ方面派遣艦隊、いわゆる派遣艦隊の司令長官である有馬《ありま》良橘《りょうきつ》大将である。

坊主頭に白い髭《ひげ》がよく似合う。身体は細く、頬《ほお》の肉も落ちているが、背筋が伸びているため、老いている印象はない。防暑服もよく似合っており、数え歳で八〇歳になるとは思えない。文久元年の生まれと聞けば、誰もが驚くだろう。

今のところ瞳の輝きは穏やかであり、好好爺《こうこうや》といった印象を与える。無論、それが表向きであることを山口はよく知っている。

一方、テーブルを挟んで、彼の右前方に座るのがハワイ王国の第二王子であるマウマウナ大将である。

陽に焼けた顔は丸く、腹もたるんでいるが、爛々《らんらん》と輝く瞳が戦闘的な容貌を作りあげている。先刻から指をさかんに動かしていて、どこか落ち着かない印象を与えている。

今年で三六歳。王位継承権第二位を持つ人物であり、ハワイ王国の海軍を束《たば》ねる重鎮である。

ハワイの海上防衛は彼と有馬が束ねており、実質的に二人がハワイの命運を握っていると言える。

そのマウマウナの横には、彼の女房役であるトニー・サカタ少将が座っている。マウマウナとは対照的に痩せており、顔もひどく骨張っている。軍服も大きく見えるぐらいで、どこか頼りない。

しかし、容貌とは裏腹に頭脳はきわめて明晰で、帝国海軍の士官学校を次席で卒業した。五年前には海軍大学校で教官も務めている。

日本海軍に残るように勧められた経歴もあり、

能力は山口のみならず、派遣艦隊の士官ならば誰もが認めるところだった。

ほかにも、陸軍からは駐屯部隊の司令官である本間雅晴《ほんままさはる》中将が出ていたし、ハワイ陸軍の代表者もすでに姿を見せている。大物で姿を見せていないのは、日本陸軍の駐在武官である辰巳栄一《たつみえいいち》大佐ぐらいであろうか。

今日の会議が、ハワイ王国、さらには大日本帝国の今後を左右することは間違いない。すべてをわかった上で、最後の登場人物は彼らを集めたのであろう。政治的機微を勘違いする方ではない。

山口が上座に視線を移した時、会議室に正装の衛兵が姿を見せた。直立不動の姿勢で、声を張りあげる。

「国王陛下のお出まし！」

すぐに全員が立ちあがった。背筋を伸ばして、偉大な国王の到着を待つ。

間を置かず、中肉中背の男性が会議室に入ってきた。無駄な肉はなく、髭も生やしていない。肌はマウマウナと同じく濃い茶色である。

悠然と歩む姿には、自然と目を惹《ひ》かれる。目立つように胸を張っているわけではないし、待っている山口たちを睥睨《へいげい》することもない。

ただ静かに会議室に入ってきただけなのに、なぜか目を離すことができない。独特の空気が周囲を取り巻いている。

ハワイ王国の国王、カメハメハ六世だ。

前ハワイ国王クヒオの長子であり、即位した直後にカメハメハ六世を名乗った。

ハワイ王国を樹立した初代カメハメハ国王、あるいは王国中興の祖であるカラカウア国王に匹敵する実力の持ち主とも言われ、幾多の危機を優れた政治的手腕で乗り切ってきた。欧州やアジアの王室とも深いつながりを持ち、独特の外交で太平洋において強い存在感を示している。

日本やアメリカでも勇名は轟《とどろ》いており、謁見を求める政治家や軍人は後を絶たない。

カメハメハ六世は、上座で全員の顔を見回してから腰を下ろした。

彼がうなずくと全員が着席する。

カモメの鳴き声が彼方から響く。それは潮騒に重なって王宮の壁を揺らす。

「今日は、私のわがままで集まってもらった。その点については、まずわびておきたいと思う」

カメハメハ六世が話を切り出した。その声は低く、石壁に囲まれた会議室によく通った。

「本来ならば会議は明日の予定で、その場で今後の方針を決めるはずだった。しかし、状況は急速に悪化しており、うかつに時を過ごせば、ハワイのみならず、太平洋全域が危機に陥ると判断した。

それだけアメリカの動きは速い。早々に対策を講じるためにも、会議の前倒しが必要とみた。よろしいか」

有馬とマウマウナがうなずいた。彼らもまた状況が悪化していると判断しているのだろう。

山口も同じ気持ちである。思いのほかアメリカは強硬であり、一両日中に大きな事件が起きたとしてもおかしくはない。対策を練るのであれば、早いうちがよいだろう。

「では、まずは状況を確認しておこう。頼む」

彼の合図で立ちあがったのは、有馬の右どなり、国王から見て左前方に座っている人物だ。スーツを着ており、陽に焼けた顔と眼鏡がよく似合っている。

怜悧《れいり》な印象を与えるが、それは表向きであり、心の奥底には国と国王に対する熱い思いがある。山口は彼と何度となく話をし、その情熱は本物と理解している。

ハワイ国の宰相であるジョージ・ナカイである。ハワイ出身の日系二世で、日本の帝国大学で学び、その後はアメリカに三年ほど留学した。ハワイに戻ると政治家の道を歩み、三五歳の若さで宰相に抜擢された。

現在、四〇歳であり、カメハメハ六世を支えてハワイ王国の政治をとりまとめる逸材だ。

ナカイは立ちあがると、手元の書類を一瞥《いちべつ》してから口を開いた。

「皆さんもご存知のとおり、我が国とアメリカの関係はきわめて緊張しております。これまで三度にわたりアメリカの代表者と会談しましたが、今のところ態度を変える気配はありません。

むしろ主張は強硬になる一方で、我々が呑むことのできない提案を次々としてきます。昨日は、アメリカの艦隊を真珠湾に入れるよう求めてきました。例の調査団には海兵隊の護衛をつけるということです」

「馬鹿なことを。そんな無茶が受けいれられるか」

マウマウナが毒づくと、ナカイもうなずいた。

「同感です。ハワイは独立国であり、安易に他国の軍隊の駐屯を許すことなどできません。これまでアメリカがなしてきた悪行を考えれば、なおさらです。

艦隊をハワイに入れれば、何が起きてもおかしくありません。海兵隊が蛮行に出れば、銃火を交えることもありえます」

「しかし、要求を呑まなければ、最悪の事態が起きるかもしれない。状況が切迫しているのも、事実であることを忘れてはならない」

山口は、あえて冷静に反論した。

一方的にアメリカの非を唱えるだけでは、何も変わらない。怒りにまかせて暴走すれば、かえって相手の思惑に乗りかねない。

マウマウナが山口をにらみつけてきた。

しかし、その口が動く寸前、ナカイが再び話をはじめた。

「残念ながら、そのとおりです。受け入れを拒むのであれば、一戦も辞さずとの発言も出ております。特命大使の一存で、あそこまで言えるとは思えませんので、おそらくアメリカ本国の意志でしょう。間違いなくやるつもりです」

「アメリカが熟慮の上で策を弄《ろう》しているのならば、かわすのはむずかしい。厄介なことになるな」

有馬が腕を組んでうつむいた。その声は渋い。

山口も同じ気持ちである。アメリカの方針はシンプルであり、それだけに質《たち》が悪い。

一九四〇年九月現在、ハワイとアメリカの関係はきわめて悪化していた。

きっかけはどこにあったのか、今となってははっきりしない。

二〇世紀に入った時点で、すでにアメリカ合衆国とハワイ王国は鋭く対立しており、互いの行動を何度となく非難していた。アメリカが圧力を強めるとハワイ王国が抗議するという図式が何年もつづいたのである。

一九三〇年代後半、アメリカと日本との関係が緊張すると、ハワイに対する重圧はさらに強まった。駐布アメリカ大使は強硬な発言を繰り返し、アメリカの利権を露骨に主張してきた。

とりわけ真珠湾の使用をめぐっての発言は厳しく、露骨に差別発言をすることもあった。カメハメハ六世が直接、遺憾《いかん》の意を表明したこともあり、対立は決定的となった。

一九四〇年に入ると、太平洋に漂う不穏な空気はもはや抑えることができないほどに濃くなっていた。五月にはハワイのアメリカ系住民とハワイの先住民との間でトラブルが起きたし、八月にはアメリカ海軍の航空機にハワイ王国の艦艇が攻撃を受けそうになるという事態も生じた。

小競り合いはあちこちで生じており、そのたびにハワイ政府の要人が駆け回っていた。

それでも致命的な破局にならなかったのは、ハワイ王国首脳部がアメリカとの関係改善に全力をあげていたからである。日本政府の代表もそれに協力し、最悪の事態を避けようと懸命に努力していた。

しかし、九月三日の事件がすべてを変えた。

その日、ハワイ沖合で演習をおこなっていた巡洋艦デトロイトが突如、沈没した。不意のことで、手を尽くす間もなかった。

乗員四三八名は全員死亡。沈没までに要した時間はわずか一五分だった。

調査にあたったアメリカ海軍は、沈没の原因を潜水艦による魚雷攻撃と断定、大日本帝国とハワイ王国に対して強い抗議をおこなった。また原因究明に協力するように要求し、拒むのであれば重大な事態を引き起こすことになると発表した。

当然、ハワイ、さらに日本も激しく反発した。満足に調査もおこなわず、潜水艦の雷撃と決めつけたことには問題があったし、ましてや、日本かハワイの潜水艦が攻撃したと決めつけられるのは論外だった。

ハワイ海軍および日本の派遣艦隊は、九月一日にハワイ沖でアメリカ海軍が演習をはじめてから、艦艇の出港を制限していた。戦艦や空母は真珠湾にとどめたまま動かさず、汎用巡洋艦だけが警戒のため、ハワイの東で展開する程度だった。

新たに潜水艦を出港させることはなく、すでに出撃している艦はハワイ沖に近づかないよう厳命していた。

そもそも、ハワイ沖でアメリカ海軍が演習すること自体が異様なのである。明らかに何かを誘っているわけで、うかつに接近すれば大きなトラブルになることはわかりきっていた。

暴発を避けるため、日本とハワイの艦隊は潜水艦はもちろん、駆逐艦や巡洋艦から魚雷を下ろす措置までとっていた。

事件のあった九月三日、ハワイ近海で活動する味方潜水艦はいなかった。

事実をすべて報告したにもかかわらず、アメリカ政府は強硬な態度を崩さなかった。

特命大使のジョージ・アチソンは、九月一〇日に到着した直後から強硬な発言を繰り返し、事態をさらに悪い方向へと導いている。カメハメハ六世が自ら会談に臨んでも、主張を変えることはなかった。

「あれは、交渉ではなく宣告です。自分の言いたいことを言っているだけですから、どこかで妥協して双方に利益が出るような形で収拾する意志はありません」

ナカイの言葉に山口は賛意を示した。事実は曲げようがない。

会議室の空気は張りつめていた。報告が進めば進むほど、事態が悪化していることがわかる。アメリカはあえて呑めない提案をおこない、ハワイ王国を追いつめているように思えてならない。

小さくうなったのは、本間司令官である。陽に焼けた顔には憂いの色がある。

彼もまた、最悪の事態に至らぬように尽力していた人物だ。日本とアメリカの間で事件が起きた直後には、自ら日本本土に赴いて情報を集めた。内情を包み隠さずに話す姿勢には、カメハメハ六世も信頼を置いている。

それだけに、今回の事態には心を痛めているのだろう。彼の努力が無になりかねない状況が眼前に迫っているのだから。

風が吹きぬけ、王宮の空気がわずかに揺れる。

ハワイは日本ほどの湿気はないので、わずかな風で涼しさを感じることができる。日陰でゆっくり休めば、身も心もすっきりする。

普段なら、この会議室でもかなりくつろいで仕事ができるのだが、さすがに今日は駄目だった。目の前の状況を考えれば、息がつまるだけである。

山口は口をつぐむ。他の者も何も言わない。沈黙だけが会議室に広がり、空気が重くなる。

それは二分、三分とつづく。

さすがに山口もその重さに耐えられなくなる寸前、カメハメハ六世が口を開いた。

「要するにアメリカは、この事件にあわせて懸案を一挙に解決するつもりなのか。ハワイという喉元に刺さった棘《とげ》を取り除くべく、あえて強硬な策をとっている。そういうことなのか」

「おっしゃるとおりです」

応じたのは有馬だった。視線はまっすぐカメハメハ六世に向いている。

「アメリカはハワイに関して、大きなミスを犯しております。それも一度ではなく、二度、三度と。

その結果として、本来ならば自国の領土となったはずのハワイに独立を許したばかりか、日本との関係を深めるように仕向けてしまいました。

真珠湾は日本とハワイ王国が管理することとなり、アメリカ艦艇は許可なく立ち入ることができなくなったわけで、これはもう最悪としか言いようがございません。

アメリカ本土との距離を考えれば、ハワイは首筋に突きつけられたナイフのようなもので、早々に取り除いておきたいと考えてもおかしくありません」

「それにしても、やり方が荒っぽい。事件をでっちあげるのは、やり過ぎではないか」

カメハメハ六世は左手で顎《あご》をなでた。

口元には笑みがある。それが自嘲《じちょう》なのか、それともアメリカの強硬さに呆れてのことなのか。そのあたりはよくわからない。

有馬も笑みを浮かべた。

「それだけ余裕がないということで。世界情勢を考えれば、太平洋において強硬な態度に出ることができるのは、今をおいてありません。一気に勝負をつけて、その後はヨーロッパ情勢に集中したいのではありませぬかな」

「そうであろうな。この機会に我が国を制圧できれば、それに越したことはないというわけか」

アメリカによるハワイ制圧。それは、アメリカ大統領にとって夢であるとも聞いている。

一度は失ったアメリカ領を手にすることができれば、アメリカ史に名前を残すことが可能で、過去、何人もの大統領が計画を立案したと言われている。カルビン・クーリッジ大統領が作成した計画が暴露されたこともあり、アメリカ政府は、いまだにハワイに対して強いこだわりを持っている。

アメリカとハワイ、さらに日本の関係は複雑で、大きな転換点を何度となく通過している。そのどこかで間違った判断をしていれば、今の関係はなかっただろう。

少なくとも、ハワイ王国の独立は失われていたはずだ。

山口は往事に思いをはせた。重大な事態を目の前にして、過去を見ずにはいられなかったのだ。

＊

日本、ハワイ、アメリカの関係を考えるのであれば、ハワイ王国の成立時点まで遡《さかのぼ》らねばならない。

太平洋の一角に王国を打ちたてたのは、カメハメハ一世、いわゆるカメハメハ大王である。

大王はハワイ島の出身で、一七九五年にハワイ島を統一した後、マウイ島、オアフ島に進出し、一八一〇年にハワイ諸島の統一に成功した。偉大な業績であり、現在でも讃える声は多い。

これまでハワイには多くの国王が出たが、大王を称して許されるのはカメハメハ一世だけである。

統一後、カメハメハ大王はオアフに王府を置いて善政を敷いたが九年で死去し、治世は二世、三世の代に移る。

この時代、ハワイとアメリカの関係は、日本よりはるかに深かった。

一八世紀の中盤、アメリカは太平洋に積極的に進出し、捕鯨船は何隻もハワイに寄港していた。一八四〇年代には毎年三〇〇隻の捕鯨船が訪れていたとも言われ、北太平洋最大の補給地であった。船員の憩《いこ》いの場であり、交流も深かった。

一八五〇年代になるとサトウキビ栽培のため、多くのアメリカ人が移民してハワイに基盤を築いた。ハワイのアメリカ系移民は、この時点で全人口の一〇パーセントを占めていたのである。

一方、日本は明治元年（一八六八年）、カメハメハ五世の治世に違法移民がハワイに移り住んだが、その後の交渉は途絶えてしまい、両国の外交が本格化したのは一八八一年、ハワイ王のカラカウアが大日本帝国を訪れてからだった。

アメリカ系移民はハワイ人口の三割を超え、圧倒的な経済力で広大な土地を支配し、ハワイの先住民を低廉な労働者として使った。政治的な圧力も強めて、ハワイ王国の憲法や議会を自分たちの都合のいいように作りかえてしまった。

ハワイ政府は懸命に抵抗して王権の強化を図ったが、うまくいかなかった。逆にアメリカ系移民とその背後にいるアメリカ政府に圧力をかけられて、政治的な後退を強いられた。

南北戦争が終わると移民の進出はさらに激しくなり、実質的にハワイ王国はアメリカ系移民に支配されていた。

ハワイ国王カラカウアはこの事態を憂慮し、積極的に海外に赴いて実情を世界に訴えた。

一八七四年にはサトウキビ貿易に関する交渉をおこなうため、ワシントンDCを訪れ、ユリシーズ・グラント大統領と会談した。この時、マスコミを通じてハワイの状況を語っている。

一八八一年にはアジア、ヨーロッパ各国を訪問して、ハワイとアメリカの関係について赤裸々に語った。この時、カラカウアは日本に立ち寄り、明治天皇とも会見している。

ちなみに明治維新後、はじめて日本を訪れた国家元首はカラカウア国王である。明治政府にとっては記念すべき要人であり、ハワイとの関係を深める大きな要因となった。

日本政府とカラカウアとの会談はつつがなくおこなわれ、一八八五年にはカラカウアからの要請を受け、正式にハワイへの移民が実施されることが決まった。

渡航にあたってはハワイ政府が責任を負うことが定められ、居住地や当座の生活費についても優遇措置がとられた。

カラカウアはアメリカを抑えるため、日本の力を借りようとしていたのである。

しかし、数少ない移民では、経済力で優るアメリカ系移民に対抗することはできない。日本人移民は肉体労働者が多く、巨大な資本を持ち、観光業も展開するアメリカ系移民とは政治的な実力に差がありすぎた。アメリカ優勢の情勢は変わらないと思われた。

ところが一八八六年、時の総理大臣、伊藤博文《いとうひろぶみ》の発表した案件が、その後の歴史を大きく変えることとなる。山階宮定麿王《やましなのみやさだまろおう》とハワイ王女カイウラニの婚約発表である。

日本を訪れた時にカラカウア国王は、アメリカ政府の監視を逃れて、極秘で日本の政府関係者と会談、王女カイウラニと皇室関係者との婚約を持ちかけていた。両国の関係を強化し、太平洋の安定を図る第一歩として、婚約の件を語ったのだ。

この提案に当初、政府関係者はたじろいだ。日本は維新から日も浅く、政治的、経済的な基盤も整っていなかった。自由民権運動で国は大きく揺らいでおり、外国との不平等条約改正交渉も滞っている状況だった。

他国にかかわるゆとりがないのが実情であり、大勢はまだその時ではないという理由で断るべきと考えていた。山県有朋《やまがたありとも》はその旨を明治帝に奏上したほどである。

しかし、その中でただ一人、ハワイとの関係強化を唱えた人物がいる。

伊藤博文だ。彼は直感で、ハワイの戦略的価値を把握していた。

現時点では、日本にとって最大の敵はロシアである。しかし、我が国が太平洋に面している以上、いずれアメリカとの関係は問題になる。世界情勢が変われば、きわめて緊迫した関係になるだろう。事実、日本に武力で開国を迫ったのはアメリカだ。

それを考えれば、ハワイと手を結ぶのは悪いことではない。同じアメリカに対抗する国として関係を強化し、事があった場合に共同で対処すれば、帝国にかかる負担も小さくなるはずだ。

そのように伊藤は主張し、政府関係者を説得した。

彼の言葉に最も反応したのは明治帝であった。伊藤を好んでいたこともあるが、先々のことを考えれば、無理をしてでも誼《よしみ》を結ぶべきという見解は正しく思えた。

また、明治帝自身がカラカウアの人柄に惹かれており、ハワイのために何かできることがあればと考えていたのだ

悩んだ末、明治帝はカラカウアに婚約の件を前向きに考えることを伝えて、その後の交渉を伊藤に一任した。

勅命を受けて伊藤はハワイ王国に使者を送り、アメリカ政府に知られぬように話を進めた。しきたりや国情の差から交渉は難航したが、それでも最後にはまとめあげ、一八八六年一一月三日、発表にこぎ着けた。

この婚約は、世界に大きな衝撃を与えた。東洋の小国と太平洋の王国が婚姻でつながるとは誰も考えていなかったのである。

衝撃が収まると、婚約を歓迎する声があがりはじめた。

とりわけ欧州では、カイウラニがスコットランド人との混血であり、欧州人の雰囲気を漂わせた美貌の持ち主であることが好感された。

イギリスのヴィクトリア女王は即座に祝福のメッセージを送ったし、ドイツ皇帝フリードリヒ三世は娘であるマルガレーテ・フォン・プロイセンを使者としてハワイへ送った。市民も婚約を前向きにとらえ、イギリスやフランスの新聞もこぞって歓迎の意を示した。

アジアの王国や大守も祝福の意を示し、タイでは日本とハワイの両者に使者を送った。

世界が歓迎ムードにつつまれるなか、唯一、反発した国があった。

アメリカである。

婚約が発表されると、アメリカ政府は日本の太平洋進出がはじまり、一〇年後には日本がハワイを併合してアメリカ本土に槍を向けるに違いないと訴え、激しい論調で非難した。

ハワイではアメリカ系の移民は警戒をあらわにし、議会では婚約反対の議案も提出された。一時は、真珠湾のアメリカ艦艇の増強も図られた。

しかし、カラカウアは婚約を撤回することはなく、むしろ他の皇族もハワイに迎え入れるべく手を打って、世界各国を驚かせた。

一八八六年、山階宮定麿王がハワイを訪れると、婚約の儀が執りおこなわれた。その後の記者会見で定麿王は結婚後も本国に戻ることなく、ハワイで暮らす旨を示し、自らが日本とハワイを結ぶ絆になることを宣言したのである。

定麿王の婚約、そして一八八八年の結婚により、日本のハワイ移民は一気に加速し、年間一万人単位での移住が進んだ。質的な変化も進み、単純な労働者だけでなく、弁護士や医者、学者もこぞって移民した。作家の徳冨蘆花《とくとみろか》はハワイの風土に感動し、そのまま住み着いてしまったほどだ。

日本人の勢力はまたたく間に大きくなり、ハワイの政治にも大きな影響を与えはじめた。

無論それは、アメリカ系移民の反発を引き起こす。彼らは国王に何度となく移民を抑えるように迫ったが、カラカウアは拒絶して、逆に日系の移民を支援した。

日本政府が積極的にハワイ先住民との関係を強化したこともあって、カラカウアは明快に日本寄りの姿勢を取った。日本とハワイの関係は二〇世紀に入ると、さらに深まり、ついには軍事、経済同盟を結ぶに至る。

結果として、それがハワイの一大政変につながることになる……。

＊

山口は意識を戻すと、上座に視線を向けた。その時、彼はカメハメハ六世が自分を見ていることに気づいた。

「どうした。何か考えごとをしていたようだが」

「も、申しわけありません。つまらぬことを考えておりました」

歴史に思いをはせるあまり、会議をおろそかにしたのは失態だった。非礼もいいところだ。

「話を聞いていましたら、帝国とハワイ王国の関係に思いが向いてしまいました。失礼いたしました」

「そうか。おぬしもそのように考えていたか」

カメハメハ六世は小さく笑った。その指が軽く頬をなでる。

「実は、私も過去に思いをはせていた。ハワイ王国が成立してから一五〇年、日本と深くかかわるようになってから、まだ六〇年と経っておらぬのに、いろいろなことがあったなと」

「二度にわたって、クーデターも起きました」

「一八九六年と一九二三年だな。どちらも判断を誤れば、我が国はアメリカの手に落ちていた。

いや、アメリカ側にしてみれば、手にした気持ちでいただろう。それが思わぬ横槍で失敗して、忸怩《じくじ》たる思いを抱いたに違いない」

二度のクーデターは、ハワイの政治基盤を大きく揺さぶった。

とりわけ一九二三年の政変は、アメリカが本格的に軍を展開したこともあって対立は精鋭化し、両国の関係は危機的状況に陥っていた。もう少し対処が遅れていたら、ハワイとアメリカの間で戦争が起きていただろう。

山口も当事者として事件にかかわった。あの時の衝撃は今でも忘れられない。

「一九二三年のクーデター以降、我々とアメリカは対立した。それは、アメリカと日本との関係悪化にもつながり、両国の関係は緊張しつづけた」

カメハメハ六世の指摘は鋭い。さすがに、国際情勢に精通しているだけのことはある。

カメハメハ六世の即位は一九二三年、まさにクーデターが起きたその年である。激烈な体験を得て彼の視野は広がり、世界情勢を正しく、そして厳しくとらえるようになった。

「二度にわたる建艦制限条約の不調は、その一環であろう。また、中国に対するアメリカの過剰なまでの進出も同じ理由によるものだ。

常識的に考えれば、遼東半島を足がかりにして、アメリカ資本が中国に入るなどありえない。フィリピンがあるとはいえ、あまりにも距離がありすぎる。

あれはアメリカ資本の利益というよりは、日本の大陸進出を抑えるための国策であろう。アメリカ政府は、あまりにも日本を意識しすぎている」

クーデターの失敗で、アメリカは太平洋の拠点を失った。北太平洋はハワイ王国と日本が保持しており、アメリカがアジアに進出するには南太平洋のサモアやフェニックス諸島を経由するしかなくなった。

一敗地にまみれたアメリカは、猛烈な勢いでアジアに進出した。山口の目から見ても、それは強烈であった。

すでに華北にはアメリカ資本の工場が建てられて、中国大陸に商品をばらまいていた。満州国に対しても積極的に進出する気配を見せており、満州国政府や日本の財閥と対立している。

一九三〇年代の日米関係は緊張が断続的につづき、小競り合いも何度となく起きていた。破局に至らなかったのは運がよかったのと、アメリカが最後の瞬間に引いてくれたからだ。何度も切所をくぐり抜けて、ここまで来た。

しかし、今回はかなり厳しい。六月には中国の天津でテロ事件が起き、その対応をめぐって日本とアメリカは決定的に対立した。

アメリカは、日本が中国での覇権を握るために事件を起こしたと記者会見で表明し、日米通商修好条約の破棄を宣言したのである。すでに屑鉄や原油の輸出は止まり、近々、在米日本資産の凍結もあるのではと噂されているほどだ。

そこにきて、先だっての巡洋艦撃沈事件である。関係悪化に歯止めをかけることはできないだろう。

そもそも、アメリカがハワイ沖で演習をおこなうことが、日本とハワイに対する示威行動である。何かあれば、すぐに報復するという意志を示した。

それが撃沈事件によって、示威だけではすまなくなった。もはや何が起きてもおかしくない。

「開戦は必至と見るべきか」

カメハメハ六世は有馬を見た。

派遣艦隊を束ねる老将は、しばし沈黙した。

潮騒が会議室の熱気を揺らす。時刻は午後二時であり、窓から差し込む陽光は一日で最も強くなっている。短い影は、さながら墨を塗ったかのような黒さである。

視線が集まっても、有馬は無言のままだった。

事態がわかっていないはずはない。山口は派遣艦隊の参謀長として二年間、有馬と行動を共にしており、その実力を目の当たりにしている。

状況を把握する能力に長《た》けており、先を読んで正しい結論を導き出す。頭の回転でいえば、若い士官にはかなわないかもしれないが、それを補うだけの経験と洞察力を有している。

派遣艦隊の司令長官として、有馬はハワイ情勢を知悉《ちしつ》している。当然、結論も見えているわけで、後はそれをどのような形で口にするかだけだ。

山口は待った。手を膝に置き、窓から吹き込む風に身をゆだねながら、時を過ごす。

カメハメハ六世も同じだ。会議室に集まったメンバーは全員が老将の回答を待っていた。

ようやく有馬が口を開いたのは、五分ほど経ってからだった。

「そういうことになるでしょうな」

重々しい言葉は会議室に殷々《いんいん》と響いた。

「避けられぬか」

「無理でしょう。巡洋艦撃沈事件でアメリカの世論は激昂しており、何もないまま収めることはできませぬ。むしろ、アメリカ政府もそれをねらっているように思えます。

そうでなければ、ナカイ大臣が言われたような無法な要求ばかりしてくるはずがありませぬ。確実に来るでしょうな」

「とうとうやるか」

カメハメハ六世は嘆息した。

これまで戦争回避のために全力を注いできたが、それが無になろうとしている。ハワイが戦場になることを考えれば、心が痛むに違いない。

「それだけアメリカが本気ということか」

「でしょうな。ただ、気になることもございます」

「なんだ」

「我が国、いや日本との関係です。ハワイと日本は同盟関係にあり、ハワイに仕掛ければ、当然、日本とも戦争状態に陥ります。戦いはハワイだけでなく、中部太平洋やフィリピンにも広がるでしょう。そのあたりをアメリカがどう考えているのか。

全面戦争で、日本とハワイを同時に叩きつぶそうとしているのか。それとも、ハワイだけを叩く限定戦争なのか」

「アメリカは強大だが、日本とハワイを同時に叩くのは困難だろう。戦時経済に移行する必要があるし、軍備の増強も図る必要がある」

「ヨーロッパが動揺している現在、それがはたして可能なのか。なんとも申せません」

欧州では、ナチス・ドイツの躍進がつづいている。一九三九年にポーランドの半分を手にして以来、欧州各地に進出して勢力圏を拡大した。今年五月には大国フランスに侵攻、その主力を撃破して、見事に勝利を収めている。

最後の強敵であるイギリスに対しても攻勢を強め、今年の後半には上陸作戦を敢行するのではという声もあがっている。

イギリス政府は悲鳴をあげ、アメリカの参戦を望んでいるが、アメリカ政府は議会が慎重なこともあり、行動を起こすには至っていない。

山口は、イギリスを放置することはないと見て、アメリカのヨーロッパ戦線への参加は必至と考えていた。少なくとも、年末まではなんらかのアクションを取ると判断している。

「欧州に行くとなれば、アメリカは二方面で作戦することになります。それほどの覚悟があるのか。また、政府にその気があったとしても、議会が認めるかどうか」

「限定戦争になる可能性が高いか」

有馬の言葉に、カメハメハ六世はうなずいた。すぐに視線を右前方の腹心に向ける。

「どう思う」

「有馬大将の意見は正しいと思われます」

ナカイは即答した。声にためらいはない。

「アメリカ政府としても、欧州各国の同意なしに戦争を仕掛ければ、手間がかかることはわかっているでしょう。時間も資金も必要です。

欧州情勢を考えれば、それは望ましいことではないはずで、イギリスや亡命フランス政府が難色を示すこともありえます。開戦したとしても、それが短期間の限定戦争になることは十分にありえるでしょう」

「ねらいは、このハワイだけということか」

「それもありえるということです」

カメハメハ六世は口を閉ざした。しかし、沈黙していた時間は短く、すぐに話を切り出した。

「わかった。では、短期、長期の両面から今後の戦略について考えていこう。残念ながら、戦争が必至というのであれば、できるだけ早く終結に導くよう努力せねばなるまい。その叩き台を今日のうちに考えておきたい」

アメリカの方針を推察し、ハワイ王国の防衛体制を再構築する。一日で片づけるにはむずかしい課題であるが、やるしかない。おそらく夜までかかるだろう。

山口は手元の書類を確認したところで、発言を求めた。言うべきことはいくらでもあった。

2

九月一六日　真珠湾

中山三四郎二飛曹は、要港部につながる門を出たところで左前方に広がる港に目を向けた。

夕陽を浴びた真珠湾には、多くの艦艇が連なっていた。

数は三〇を超えている。大小さまざまの船体がいならぶ姿は壮観で、さながら鋼鉄の狼が集《つど》っているかのようである。

中山から見て左手前には、ひときわ大きな船体がある。ハワイ王国艦隊旗艦のオアフだ。先刻から士官がさかんに行き来しており、今も内火艇が舷側から港に向かうところだ。

その前方に、同じハワイ王国艦隊の軽空母アカラと巡洋艦ワイキキの姿が見える。

カメハメハ島、かつてはフォード島と呼ばれた島に視線を移せば、帝国海軍派遣艦隊が列をなして並んでいる。

島の南にとどまっているのは、汎用巡洋艦の多《た》良《ら》だ。煙突から煙をあげていることから見て、哨戒活動に出撃するところなのだろう。

その右奥には、戦艦の瑞穂《みずほ》と日波《にちは》が力強い姿を見せつけている。

瑞穂は近江《おうみ》型の新鋭戦艦であり、排水量はなんと四万九〇〇〇トンに達する。二五六メートルの巨艦が行き来する様子はまるで山が移動しているかのようで、ハワイにはじめて入港した時、中山はその姿に唖然とした記憶がある。

イギリス海軍のブリテン級、アメリカ海軍のカンザス級と同等の能力を持ち、海戦となれば圧倒的な能力を発揮する。

一方の日波は摂津《せっつ》型の戦艦であり、長きにわたって日本海軍の一翼を支えてきた。三年前に連合艦隊からハワイ派遣艦隊に異動となったが、その能力に衰えはない。三連装四〇センチ砲三基は、今も健在である。

中山は視線を港に向けたまま歩き出す。

五〇〇メートルほど行くと、日波の船体に隠れていた空母が見えてきた。

正規空母の洋龍《ようりゅう》である。天龍《てんりゅう》型空母の四番艦で、四年前から真珠湾を母港としている。

二万八〇〇〇トンの船体は、傾きはじめた日差しを受けて輝いていた。微妙なカーブのかかった艦尾は、他の艦にはない特徴だ。広い飛行甲板には艦載機が並んでおり、整備員がその周囲を駆け回っている。

お世辞抜きで、世界で最も美しい艦だと思う。

洋龍に比べれば瑞穂も日波も野暮ったく、無駄が多いように見えてしまう。視界に収めているだけで心が躍るようなことはない。やはり、自分が乗る船は特別なのだろう。

いつまでも見ていたいが、残念ながら中山にはやるべきことがあった。早々にワイキキの街に向かわねばならない。

彼が港に背を向けるのと、要港部の方角から声がかかるのは、ほぼ同時だった。

「おい、どうしたんだよ、三四郎」

男にしては高い声だ。聞きおぼえがある、というよりも毎日聞かされている。正直、あまり聞きたい声ではないのだが……。

中山が顔を向けると、防暑服を着た下士官が歩み寄ってくるところだった。二人で、どちらの顔もよく知っている。

「船に戻らなくていいのかよ。明日には出撃らしいぜ」

笑いながら声をかけてきたのは、溝口三郎《みぞぐちさぶろう》二飛曹であった。背は中山よりもわずかに高い。無駄な肉はなく、顔も骨張っている。

それでいて、どこか軽薄な印象を与えるのは、口元に浮かぶ笑みのせいだろう。子供の頃から無駄に感情を出すなと言われてきた中山からみれば、信じられないような表情である。

防暑服もわざとボタンを外している。搭乗員は制服を乱して着ることが多いが、それにしてもやりすぎであろう。

中山とは霞ヶ浦に配属された時からのつきあいで、ハワイでも行動を共にすることが多い。

正直、やりにくいと思うこともあるが、戦闘機乗りとしての技量は一流で、彼も一目《いちもく》置いている。

「わかっている。例のアメリカ艦隊が不穏な動きをしているんだろう」

　中山は、表情を変えないように気をつけながら応じた。

「洋龍と黒鷹《こくよう》が米戦艦の動きを監視するらしい」

「飛行長から聞いたのか」

「そうさ」

「だったら、艦に戻れよ。半舷上陸は取りやめだ。ホノルルで酒を喰らっている余裕はねえぞ」

「お前じゃあるまいし。遊ぶ気なんて、さらさらないよ。小隊長を迎えに行こうと思っている」

「速水《はやみ》中尉を？　意外だね、艦から降りていたなんて」

　やわらかい声を放ったのは、溝口のとなりにいた搭乗員だった。

　背は溝口よりも高いが、身体はかなり細く華奢《きゃしゃ》に見える。童顔なこともあり、一〇代に勘違いされることも多い。瞳の色は青で、肌の色は浅黒い。

　中山と同じ洋龍搭乗員のジョン・トキザネだ。ハワイ生まれで、父親は日本人、母親はアメリカ人とハワイ先住民のハーフであるらしい。

　王国海軍に入隊すると、すぐに成績優秀と認められ、交換留学生として日本を訪れた。三年間、霞ヶ浦で教育を受けるとハワイに戻り、海軍航空隊の一員となった。

　現在はハワイ海軍から派遣される形で、洋龍の搭乗員に配属されている。

　凄腕《すごうで》の戦闘機乗りで、中山は何度も模擬空戦で敗北している。溝口や速水小隊長よりも腕はたつかもしれない。切り返しが抜群に速く、気づいた時にはいつでも後ろを取られている。

　飄々《ひょうひょう》とした性格であり、なかなか本音が見えない。何を考えているのか聞きだそうとしても、肝心なところははぐらかされてしまう。

　不思議な雰囲気を持っていることは確かで、溝口とは別の意味で目立つ存在だ。

「中尉のことだから艦にとどまって、中隊長や飛行長と今後について話をしていると思ったのに。こんな時期に艦を離れるなんて……」

「午前中は、ずっと中隊長と話をしていたよ。午後になって呼び出されて、ワイキキの街に行った。早く呼びに行かないと、定刻までに戻ってこられないかもしれない」

遅くとも一九〇〇までには戻っていないとまずいだろう。時間的にはぎりぎりだ。

「急がないと」

「待てよ。それなら、電話で呼び出せばいいだろう。迎えに行くってことは、どこにいるのかだいたい見当はついていいんだろう」

溝口が口をはさんできた。細い目には疑念の色がある。

「わざわざお前が行く必要はあるまい」

「けど、こっちから行ったほうが早いから」

「ワイキキまで行くんだろう。それなら電話のほうがいいに決まっている。居場所がわかっているのなら、なおさらだ」

中山は言葉に詰まった。

彼には明快な理由があって、中尉を迎えに行かねばならない。しかし、他人に知られたくはない。同じ搭乗員であれば、なおさらだ。

言い訳を考える中山を二人が見つめる。

一方の表情が変わったのは、雲が陽光を遮《さえぎ》った直後だった。

「ああ、そうか。そういうことか。わかったよ」

トキザネだ。口元には、からかうような笑みがある。

「そうだよね。三四郎はどうしても迎えに行きたいよね。もっとも、目的は別のところにあるのかもしれないけれど」

「おい、それって、どういう……」

その瞬間、溝口の表情も変わった。太陽に照らされた顔に、邪悪と言ってもいい笑みが浮かぶ。

「ああ、わかった。そうか。中尉はあの人といっしょか。だったら行くよな、当然」

「ち、違う。そんなよこしまな目的じゃ……」

中山は反論した。

しかし、うわずってしまった声では、二人をごまかすことはできない。それは、中山自身にも自覚できた。

「俺はただ……」

「ああ、わかった。わかった。言い訳は後で聞いてやるから、ちょっと待っていろ。車を借りてきてやるから」

「そんな必要は……」

「歩いてワイキキまで行ったら、時間までに戻ってこられないぞ。いいじゃないか。三人で行くんだ。そのほうが楽だろう」

ついてくるつもりなのか。冗談じゃない。

トキザネはともかく溝口まで来たら、何を言われるかわかったものじゃない。せっかく警戒心を解いてもらったところなのに。

中山は言葉をつむごうとしたが、それよりも早く溝口は彼に背を向けて走り出していた。港湾部の事務室で話をつけてくるつもりなのだろう。

溝口には妙なつながりがあるから、あっさりと車を借りだすかもしれない。

「あきらめるんだね。こんなおもしろい話、彼が逃すはずないもの」

トキザネは苦笑していた。

「こんなところで、ぐずぐずしていた君が悪いよ。さっさと車を借りて迎えに行ってしまえばよかったのに」

何も反論できない。中山は口を結ぶと、そのままうなだれた。

＊

「おう。さすがに、この時間帯のワイキキはすごいな。内地ではこんな光景、絶対にお目にかかれないぞ」

後ろから溝口の声が聞こえる。よく通る声で、エンジンの爆音にも負けない。

中山も横目で、南に広がるビーチを見つめる。白い砂浜はオレンジ色の陽光を浴びて、美しく輝いていた。同じく夕陽を反射する海と、鮮やかなコントラストをなしている。

風は弱く、打ち寄せる波も穏やかだ。

砂浜に立つ人々は夕陽を見つめながら、一日の終わりを肌で感じている。

朱色の水平線と金色の絨毯《じゅうたん》を敷きつめたような海は、日本国内では見ることのできない、ハワイ独特の光景だ。沖縄ですら、この異界に引きずり込まれるような雰囲気はなかった。

中山はハワイに来て、自然を見る目が変わった。世界は本当に広く、彼の知らない情景がまだまだある。それを自覚できたのは幸運だった。

ワイキキはもともとハワイ王朝の保有地であったが、土地の私有が可能になると、アメリカ系の移民が押さえてしまった。一時はアメリカ系のホテルが進出し、観光地と化していた。

それが変わったのは一九二三年のクーデター以降で、アメリカ企業の撤退を受け、再びハワイ王国の所有に戻った。

ビーチがカメハメハ六世の意志で開放されると、新しいホテルが建設され、観光客のみならず、多くの移民も海水浴を楽しむようになった。

中山も同僚と共に訪れたことがある。青い海にひたっていると、時が経つのも忘れてしまう。

「おい、急いでくれ。尻が痛い。このままじゃ、ちとつらい」

「だったら、もう少しマシな車を借りてくればよかっただろう。無理させやがって。自業自得だ」

溝口の台詞で、いい気分も台なしである。

中山が運転しているのは、GMCが製造したピックアップトラックだ。一九三六年式で、八〇馬力の直列六気筒のエンジンを搭載している。

ハワイ王国が試験用に購入した車両で、去年、派遣艦隊に譲渡された。故障が少ないのと、荷物を多く積むことができるので重宝していた。

無理をすれば、運転席に三人で座ることができたが、鬱陶《うっとう》しいので溝口は荷台に追いやった。右の助手席にはトキザネがおり、先刻から海をずっと見つめている。

「もうすぐだから我慢しろ。一〇分もかからん」

「わかっているが、ちょっとな……」

「だから……」

「三四郎、ちょっとストップ！」

不意にトキザネが声を張りあげた。

あわてて中山はブレーキを踏む。

「なんだよ」

「あれ。もしかして、中尉じゃない」

トキザネが視線で示した先には、三つの人影があった。夕陽に照らされて、その姿は赤みがかっている。

三人のうち一人は海軍の制服を身につけている。残りの二人は女性のようで、風が吹くとスカートがかすかに揺れている。

いた。今回もいてくれた。

「間違いないようだな。行くぞ」

中山は車から降りると、砂浜に向かった。溝口とトキザネはその後につづく。

三人は一団となって砂浜を進む。

情景に変化が訪れたのは、目標の三人まで約三〇〇メートルと近づいてからだ。

一人が彼らに気づいて顔を向けた。少女だ。かなり驚いている様子が見てとれる。

少女は残りの二人になにごとか言うと、中山たちに小走りで近づいてきた。たちまち彼らの前に立つ。

「ちょっと、なによ。邪魔しないで」

少女は両手を大きく開いて、行く手を阻んでみせた。黒い長髪が大きく揺れる。

「今、速水さんたちは大事な話をしているの。余計なこと、しないで」

切り口上で、反論を許さない強さがある。いつもと変わらぬ口調だ。

わかっているにもかかわらず、中山も強い調子で応じた。

「こっちも大事な話がある。半舷上陸が中止になり、俺たちは艦内で待機することになった。明日にでも出撃があるかもしれん。中尉には、すぐにでも洋龍に戻ってもらわねばならない」

「そんなこと、どうだっていいわ。二人がしているのは、もっと大事な話なのよ」

少女は顔をそらさなかった。

白いワンピースがよく似合う。身長はわずかに中山より低いが、それを感じさせることはない。細い腕と白い足が鮮やかに伸びる。

興奮しているのか頬は赤い。顔の輪郭は無駄な肉がないこともあって、少し尖《とが》っているように見える。

瞳の輝きは力強く、まっすぐに相手をとらえている。相手が男であっても、自分の意志を正面からぶつけてくる。

日本で、これほど強い瞳を持った女性に出会ったことはない。

中山の前に立ちふさがっている少女は、名を橘紀美子《たちばなきみこ》という。年齢は一八歳で、中山より四歳年下である。

父親は橘商事の社長、橘吉三郎《きちさぶろう》だ。不動産王で、ホノルルのハレクラニ・ホテルを三井財閥と共同で買収、ハワイ王国の協力を得て、周辺の開発を押しすすめた。ダイヤモンドヘッドへつながる道路も整備して、観光名所として育て上げる手腕も見せている。

母親はハワイ王国の血がはいった日系人で、ホノルルの郊外で慈善活動をおこなっている。

紀美子は橘家の次女で、先日までハワイの高等女学校に通っていた。今は父親の仕事を手伝ってハワイのあちこちを飛び回っており、時折、新聞にも写真が載っている。

中山と紀美子が出会ったのは、橘家が主催したチャリティパーティーだった。若手軍人の代表として、洋龍からくじ引きで選抜されたのである。

初対面の印象は最悪だった。

「へえ、飛行兵さんなの。思ったより背が小さいのね」

最初の一言がこれである。

男に対する気遣いはまったくなく、遠慮なく物を言う。

つまらないと思ったら、平気で横を向く。気が向かないと、さっさとどこかへ行ってしまう。

そのふるまいに、中山は本気で腹をたてた。二度と会いたくないと正直なところ思った。

しかし、縁があって何度か会っているうちに、まったく別の感情を抱くことになった……。

「あたしにだってわかっている。ハワイとアメリカの関係がすごく悪くなっていることは。お父さんのところにかかってくる電話は、そんな話ばかりだもの。王宮や軍隊の人ともさんざん話をしている」

紀美子は、ようやく視線をそらした。静かに海岸にたたずむ二人を見る。

「だから、あの二人にはゆっくり話をしてほしいの。しばらくは会えなくなるでしょう。二か月も三か月も帰って来られないかもしれない。少しでも時間をあげたいのよ」

中山も砂浜の二人を見る。

男性は、中山の上官である速水孝一朗《こういちろう》中尉だ。夕陽に照らされた身体は凛々《りり》しく、映画俳優のような空気を漂わせている。わずかに手を振る動作も目を惹く。

もう一人は女性で、すらりとした身体が遠くからでも魅力的だった。青いワンピースと黒い髪がハワイの夕陽によく似合う。

紀美子の姉である橘静香《しずか》だ。今年で二二歳になり、ハワイ王宮で政府との連絡役を務めている。語学に堪能で、パーティーでは王妃の通訳を務めることもある。日本的な美貌は王宮でも評判と聞いている。

二人は顔を見合わせて、何か話している。距離は近く、今にも触れあいそうだ。

速水と静香。この二人は恋仲にある。実質的につきあっているようなものだろう。

中山自身、ホノルルの郊外を歩く二人の姿を見たことがあったし、パーティーの時、屋敷の奥で何か語り合っていたのも知っていた。

さらにいえば、紀美子と中山も含めた四人で、ハワイ島をドライブしたこともある。

はたから見ていても、二人をつつむ空気は濃密で、単なる知り合いの壁は明らかに凌駕していた。

普通に考えれば、海軍中尉と不動産王の娘ではバランスが取れないように思える。

しかし、速水の父親は資産家で、内地で海運事業を興している。海外航路も持っているらしく、ハワイに速水家の輸送船が入ったこともあるらしい。それが事実だとすれば、橘家の両親が黙認してもおかしくはない。

二人が恋仲であるとするならば、少しでも時は惜しいだろう。

もはやアメリカとの戦争は必至と見られている。ハワイ沖での演習は明らかに挑発であり、明日にも戦争がはじまるかもしれない。

搭乗員も開戦時期について語ることが多い。具体的な作戦計画が提示されたこともある。

中山は思わずつぶやいた。

「そうだな。もしかしたら、これが最後ということもある……」

「変なこと言わないで！　どうして、人を不安にさせるの。まったく気がきかないんだから」

紀美子は横を向いた。

またやってしまった。どうも紀美子と話す時には、余計なことを言ってしまう。

もともと口べたで、思ったことをそのまま話すことができない。気のきいたことを言おうとして、かえって失敗してしまうことが多い。

だから仲間といる時以外には黙っていることが多いのだが、なぜか、紀美子といる時はうまくいかない。つい話をしてしまう
中山は落ち込んでうつむいた。

波の音が砂浜に広がり、さらに傾いた日差しが二人を照らす。

気まずい空気が漂う寸前、陽気な声が背後から響いてきた。

「いや、悪いね。紀美子ちゃん。こいつ、女心がわからないからさ。ちょっと言い過ぎちゃうんだよね」

溝口だ。彼は中山の横に並ぶと肩を抱いた。

「悪気はないからさ。許してやってよ」

「そ、それはわかっています。けど……」

「いろいろとあるんだよ。俺たちも出撃前だからね。気分が妙に高くなったりするからさ。思いもよらぬことを言って、喧嘩になったりするからね」

「もう、溝口さんたら……」

　溝口の軽妙な言い回しに、紀美子は笑みを浮かべた。表情がやわらかくなる。

　中山の心は跳ねる。

　いつから紀美子に惹かれるようになったのか、よくわからない。ハワイ島にドライブに行ってからなのか、あるいはその前に別荘に招待された時からなのか。

　ただ、気づいた時には、紀美子のことしか考えられなくなっていた。弾けるような笑みやしなやかに駆け出す姿が、いつも目に浮かぶ。

　その手をつかんでみたいと本気で思う。自分だけを見ていてほしいと考えずにはいられない。

　戦闘機を操るように女を操るようにと言われたことがあるが、現実には戦闘機より女の子のほうがはるかにむずかしい。

　どうして溝口のようにできないのかといつも思う。

「じゃあ、そのあたりを詳しく話そうか。なんなら二人きりで」

　誘う溝口に紀美子は舌を出してみせた。

「残念でした。その手には乗りません。雪子《ゆきこ》から話は聞いているんですよ。まったく、女に手を出すのが早いんですから。何人、泣かせているんですか」

「おやおや、聞き及んでいたとは。まずい、まずい」

　溝口は中山から離れると、軽く手を振った。

「どうやら、いじめられる前に逃げたほうがよさそうだ。悪いが中尉を呼びに行かせてもらうよ」

溝口はトキザネを誘って、砂浜でたたずむ二人に向かった。

二人はすでに彼らに気づいており、顔を向けている。まもなくこちらに戻ってくるだろう。

貴重な時は、まもなく終わろうとしている。

せっかく紀美子に会えたのに、満足に話をすることもできない。どうして、うまくいかないのか。

中山は目を閉じて、小さく息を吐く。

その耳元で突如、声がした。

「どうしたの？　怒ったの？」

驚いて目を開けると、紀美子の顔が目の前にあった。吐息がかかるほどに近い。

あわてて中山は下がった。

「い、いや、別に。何でもない。怒ってはいない」

「そう。よかった」

紀美子は笑う。邪気がまったくない。

中山の心臓は、まだ跳ねていて落ち着かない。

ごく自然に、紀美子は距離を詰めてくる。五センチの距離まで顔を近づけることは当たり前だし、肩や足が軽く触れても気にしない。

キラウエア火山を見に行った時は、自ら中山の手をつかんで走った。そのたびに中山は注意するのだが、紀美子はまったく聞かず、同じようなふるまいをする。

紀美子はきっと誰にでも同じ態度を取っているのだろう。別に自分が特別というわけではない。それはわかっていても、鼓動が高まるのは押さえられない。馬鹿だなあと思ってしまう。

中山が見ると、紀美子は後ろで手を組み、くるりと身体を回した。美しいうなじから背中につながる曲線が夕陽に照らし出される。

「お願いだから、もう変なことは言わないで」

いつもとは少し違う低い声が砂浜に響いた。

「これが最後なんて、嫌なんだから……」

「すまない。でも中尉ならば大丈夫。腕は確かだ。簡単にやられたりしない」

「そうじゃなくて。なんていうか、みんなよ。溝口さんも、トキザネさんも……あなたも。誰一人欠けちゃ駄目なの。また、こうしてみんなで会って、つまらない話をするの。終わりになんてならないんだから」

紀美子は、まっすぐに中山を見た。

いつもより瞳の輝きがくすんでいるのは、夕陽に照らされたためか。それとも、ほかに何かあるのか。

「だから、ちゃんと帰ってきてね。何があってもいい。生きて帰ってきてね。お願いよ」

中山は返事ができなかった。紀美子が返事を待っていることを察しながらも、口を閉ざしたままうつむく。

波の音色が二人をつつみこむ。静寂の時間は、溝口が速水中尉を連れてくるまでつづいたのである。

3

九月一七日　ハイドパーク

休憩を終えた三人が戻ってきたところで、フランクリン・D・ルーズベルトはゆっくりと顔をあげると、静かに語りかけた。

「どうだった、勝負の行方は。誰が勝った?」

「陸軍長官ですよ、大統領。見事にしてやられました」

フランク・ノックス海軍長官が、眼鏡をかけながら笑みを浮かべた。

「一度だけと言うのに、負けたらもう一度、もう一度と言うのですからね。ちょっと驚きました。こんなに熱くなるとは予想外で」

「自分に賭けをしていたので、負けるわけにはいかなかったんですよ」

応じたのは、口髭《くちひげ》を生やした男だった。背筋を伸ばしていることもあり、スーツがよく似合う。

陸軍長官のヘンリー・スチムソンだ。弁護士出身で、国務長官やフィリピン総督も務めたアメリカ政界の要人である。

陸軍長官への就任も二度目だ。世界情勢の悪化に伴い、あえてルーズベルトが就任を依頼したのである。日本、ハワイ、さらにヨーロッパの情勢を考えれば、ベテラン政治家の経験が必要だった。

「私が勝てば、イギリスが勝つ。負ければ、ドイツが勝つ。そう決めていたのでね。引くことはできませんでした」

「ならば、勝ってくれてなによりだ。ヨーロッパを制するのは誰か、決まったな」

ルーズベルトが笑うと、ノックスもスチムソンも苦笑を浮かべた。

その背後から入ってきたのは、国務長官のコーデル・ハルだった。

ポーカーには参加していたであろうが、その件については触れようとしない。そのあたりも彼らしいと言えるだろう。

「さて、気分転換も終えたところで、詰めの作業に入ろう。いつまでもホワイトハウスをあけておくわけにはいかない。この七日間が勝負になる」

うなずいたのはスチムソンである。ノックスの表情も厳しい。

ハルも含めた三人は自分の席に腰を下ろした。マホガニーのテーブルには、書類が山のように積まれている。

四人が顔をあわせているのは、ニューヨーク州ハイドパークにあるルーズベルトの私邸だ。ワシントンDCから五〇〇キロほど離れており、政府関係者はほとんどいない。秘密裏に会議をおこなうのに、これほど適した場はないだろう。

ルーズベルトはこの私邸で何度となく会議をおこない、重大な決定を下してきた。今日もそういうことになるだろう。

「まず、日本の状況を確認しておきたい。本当に日本政府はドイツ、イタリアと同盟を締結しなかったのか」

「はい。交渉を中断して、代表団はソ連経由で本国に帰還しました。ソ連ではスターリンとなんらかの会談をおこなったようですが、詳細は不明です。内容に関する発表もありません」

国務大臣のコーデル・ハルが淡々と説明した。いつもと同じで、表情に変化はない。

ルーズベルトは嘆息した。

「意外だったな。状況を考えれば、日本、ドイツ、イタリアの三国同盟は既定事実と思われたのだが」

「私もそのように見ておりました。ドイツはヨーロッパで快進撃をつづけており、イギリスにもその手を伸ばしています。

ドイツは実質的に西ヨーロッパを制しており、アジアで孤立しつつある日本がすり寄ったとしてもおかしくはなかったのです。むしろ、それが自然な流れでした。

しかし、最後の段階で日本は交渉の中止を決め、代表団は引きあげてしまったのです」

「何かあったのか」

ルーズベルトの言葉に、スチムソンもノックスも首をひねっている。理解できないと言いたげだ。

昨年三月、ドイツ軍のポーランド侵攻により、世界は新たなる局面に突入した。イギリス、フランスはドイツに対して宣戦布告し、西ヨーロッパは戦争状態に陥ったのである。

今年の五月にはドイツがノルウェー侵攻、そして六月にはついにベネルクス三国、およびフランスに攻勢をかけ、支配下に収めた。

フランス大統領シャルル・ド・ゴールはフランスを脱出し、現在、ロンドンに亡命政府を置いている。オランダやベルギーの政府、王室も同様である。

勢いに乗ったドイツ軍はイギリスへの攻勢を強め、現在、激しい航空戦を展開している。

イギリス首相のウィンストン・チャーチルは、国民に団結を訴える一方、アメリカ政府に対して支援と早期の参戦をうながした。

イギリス外相、アンソニー・イーデンも秘密裏にワシントンを訪れ、交渉をおこなっていた。

ヨーロッパの状況は一気に流動化し、アメリカも新しい対応を余儀なくされている。支援は当然で、参戦も時間の問題であるというのが一般的な判断だ。

ルーズベルトもイギリスを支援し、欧州の戦争に関与するのはやむをえないと見ていた。

時代は大きく変化しており、もはや孤立主義を唱えるのはむずかしい。世界各国の利害は複雑にからみあっており、自国の利益のみを追求して引きこもっているわけにはいかない。支援は当然だ。

その一方で、アメリカの利害も無視するわけにはいかない。参戦するのであれば、アメリカが最大限の権益を獲得できるように手を打つべきである。

だからこそルーズベルトは、日本の政治判断に注目していたのである。

「ドイツ、イタリアと手を結んでくれれば、日本はイギリス、フランスと実質的に戦争をすることになる。そうなれば、太平洋で我々が日本とその同盟国を攻撃しても、各国の支持をえることができた。東南アジアの陸海軍に協力を要請することも可能だった」

「日本は同盟締結を避けたことにより、我らのもくろみを外してみせました。敵ながら、見事としか言いようがありませんな」

　スチムソンは腕を組んだ。オレンジの明かりが顔を照らす。

　時刻は午後一〇時を過ぎており、私邸の周囲は闇につつまれている。カーテンを閉めていることもあり、部屋を照らすのは電球の光だけだった。

「そのあたり、国務長官はどのように考えておられるので」

「頭の固い日本政府が、自発的にドイツとの交渉を中断するとは思えません。おそらく誰かが入れ知恵したのでしょう」

「もしやハワイ政府か」

「おそらくは。ハワイは自国の生き残りをかけて、各国に情報網を張りめぐらしております。ドイツの内情もつかんでいるはずで、王室のルートを使って情報を送ったのかもしれません」

　ハワイと日本政府は正規のルート以外に、皇族、王族を通しての結びつきがある。

　山階宮、後の東伏見宮《ひがしふしみのみや》定麿はすでに亡くなっているが、その一族はハワイで健在で、今上天皇に対して大きな影響力を持っていた。また、定麿とカイウラニの娘は閑院宮春仁王《かんいんのみやはるひとおう》の妻として、皇族の一人に迎えられている。

　ハワイ王国の関係者は皇室に数多くおり、ハワイと日本の関係を強化するのと同時に、外務省や軍部がつかめない情報を提供している。

　いわゆる宮廷グループは鈴木《すずき》貫太郎《かんたろう》侍従長を中心にして結束しており、政治的にも無視できない存在だった。

「ハワイか」

ルーズベルトは指で机を叩いた。

「また我々の邪魔をするとはな。おとなしくしていればいいのに、なんとも厄介な」

ノックスは顔をしかめ、スチムソンはうつむいた。珍しくハルも軽く首を振っている。

ハワイとアメリカの関係はきわめて複雑であり、簡単に割り切ることはできない。

敵であるのと同時に貿易相手であり、移民の受けいれ先でもある。一時、併合も考えていながら、最後の詰めを誤り、取り逃がした相手でもある。アンビバレントな感情が渦巻いており、それが時の政府を何度となく悩ませている。

そもそもハワイ王国の成立には、アメリカ人が深くかかわっている。

カメハメハ一世を助けたジョン・ヤングとアイザック・デービスはアメリカ人であり、アメリカのルートを使って、カメハメハ一世は大砲や鉄砲の購入を図った。ハワイ諸島統一にあたっては、白人顧問団が大きな役割を果たしたのだ。

一八五〇年代のハワイ発展を支えたのもアメリカ人移民だった。広大なサトウキビ畑を作りあげ、アメリカ本国へ輸出し、莫大な利益をあげた。

関税が免除されていたことを考えれば、実質的にアメリカ領と同じ扱いを受けていたと言える。

順調ならば一九世紀のうちに、ハワイはアメリカに併合されていただろう。

米西戦争でフィリピンを手に入れ、ハワイの戦略的価値が高まったのだから、なおさらである。アメリカ系移民はハワイの政治に圧力をかけて、その時を待っていた。

「やはりあの時、無理してでもハワイを併合しておくべきだったのだ。日本の圧力に屈することなくな」

スチムソンの言葉に応じたのはノックスだった。

「いや、すでにあの段階で、日本人の勢力は我々と五分五分だった。戦いに持ち込んでも、勝てたかどうかわからない。むしろ傷が大きくなったこともありうる」

ルーズベルトも判断に迷う。ハワイの騒動が終わって長い時が経ったが、それでも何が正しい行動であったのか、いまだによくわからない。

ハワイとアメリカの関係を変えたのは、山階宮定麿王とカイウラニの婚約だった。それ以降、ハワイ国王カラカウアは日本寄りの政策を押しすすめ、日本からの移民を積極的に受けいれた。

追いつめられたアメリカ系移民は、一八九六年、カラカウア王が体調を崩すのにあわせて、クーデターを起こした。王を退位に追いやり、共和国政府の樹立を図って、アメリカとの併合を押しすすめようとしたのである。

クーデターにはアメリカ陸海軍も秘密裏に協力し、武器、弾薬を大量に提供していた。

しかし、ハワイの日本大使館は事前に情報を察知し、対応策を講じていた。

日本陸軍のハワイ駐留部隊は、蹶起《けっき》の寸前に王宮に入り、衛兵と協力して撃退の準備を整えていた。また、日本の防護巡洋艦、浪速《なにわ》と高千穂《たかちほ》が真珠湾を出撃し、クーデター勢力の拠点であるワイバフに向かっていた。

何も知らないクーデター勢力は、まんまと網にかかり、たった一日で鎮圧された。

陸上部隊は王宮に入ることもできずに降伏し、支援にあたるはずだったアメリカ海軍の駆逐艦も東郷平八郎《とうごうへいはちろう》大佐率いる浪速に阻まれて、ついには航行不能に追い込まれた。

結局、アメリカ政府はハワイ王国の独立を認め、今後、国政にいっさい関与しないという条件を呑むことによって決着を図らざるをえなかった。

クーデターの失敗により、アメリカ系移民の勢力は一気に後退した。セオ・H・デイヴィーズ社をはじめとする五大財閥は影響力を失い、代わって日本の財閥がハワイに積極的に進出し、経済基盤を築きはじめた。

クーデターの失敗で、ハワイはアメリカの支配から脱したばかりか、日本政府との関係を深めることになった。真珠湾の租借権もアメリカ海軍から取りあげられて、一部が日本政府に譲渡されることとなった。

常に領土の拡大をつづけてきたアメリカには、衝撃的な事実だった。

ルーズベルトも、事件のことはよくおぼえている。今でもまわりの大人がさかんにハワイを失ったと語っている光景を思い出すことができた。

以後、ハワイをめぐって政治的な駆け引きが展開されることになる。それは、親日派のセオドア・ルーズベルトが引退すると激しさを増した。

結果として、それが二度目のクーデター事件につながる。

「国務大臣、君はハワイについてどう思う？」

ルーズベルトの問いに、ハルはしばらく間を置いた。口が動いたのは、ルーズベルトが紙巻きの煙草を半分まで吸ってからだった。

「一九世紀末にクーデターを起こしたのは、仕方なかったと思います。あの時ならば、移民はそれなりの勢力を持っていましたし、うまくやれば政府を倒すこともできました。状況が悪くなる前に動くという判断は間違っていませんでした。しかし……」

「もう一つのクーデターは間違っていたと」

「そういうことです。一九二三年の事件、あれは余計でした。おかげで我々は、ハワイを永久に失ったのです」

ハルの言う一九二三年のクーデターは、アメリカにとって屈辱の出来事である。

きっかけは海軍軍縮条約の決裂だった。

一九二一年から、ワシントンで海軍の軍縮問題に関する国際会議が開催され、突っ込んだ議論がおこなわれた。対象となったのは各国主力艦の保有数からはじまって、建艦制限、さらには海軍人員の抑制にまで及んだ。

問題が問題なだけに会議は長期化し、容易に決着はつかなかった。とりわけ日本とアメリカの対立が激しく、代表団はつかみかからんばかりの勢いで激論を交わした。

議論の中心はハワイ問題であり、アメリカはハワイからの撤退を日本に強硬に求め、日本とハワイ政府は徹底して反対しつづけた。

結局、折り合いがつかず、一九二二年、会議は決裂した。

条約が締結されなかったことで太平洋の基地化が進み、真珠湾の海軍施設も一気に拡大することになった。

ハワイが日本海軍の基地になれば、アメリカ本土は危険な状態にさらされる。

サンフランシスコとハワイとの距離は三七六六キロしかなく、アメリカの拠点であるキリバスやサモアよりも近い。ハワイからマーシャルまでと同じ距離であり、いつ攻撃を受けてもおかしくないのである。

事態の変化を受けて、アメリカ政府は秘密裏にクーデター計画を発動した。前回よりも積極的に関与して陸海軍を大規模に投入、武力でハワイ王国を打倒する手筈だった。

真珠湾には親善訪問を理由にして巡洋艦二隻を入れ、発動と同時に真珠湾の日本海軍を攻撃、それにあわせる形で沖合のカリフォルニア級が脱出する艦艇を攻撃するプランを練りあげていた。

しかし、クーデター前日の六月二七日、またもや事は露見し、クーデター勢力とハワイ王国軍の間で戦いがはじまってしまった。

アメリカ陸海軍が協力していることもあり、戦闘は激しくなった。一時は王宮にも砲弾が撃ちこまれ、ホノルルの街も炎上した。

アメリカ陸軍の騎兵旅団は、再三にわたって王宮に突入しようとしたが、日本の歩兵連隊に反撃されて進撃を阻まれた。城門の前まで何度か迫りつつ、銃剣による白兵戦で押し返されたのである。一門だけ無事だった連隊砲による反撃も効果的で、前進は困難だった。

ワイキキの沖合では、日本海軍の若草《わかくさ》とアメリカ海軍のスプリングフィールドが交戦。一時間にわたる戦いの末、五〇〇〇メートルの距離から一五センチ砲につらぬかれて、スプリングフィールドが撃沈されてしまった。

カリフォルニア級にも日本の水雷戦隊が迫り、雷撃する気配を見せた。

戦いは三日にわたってつづき、ついにハワイ・日本の連合軍が勝利した。アメリカ騎兵旅団の突撃を食い止め、王宮を守り抜いたのが勝因である。

ホノルルに入った部隊も、今村均《いまむらひとし》少佐の歩兵大隊が撃退してみせた。

王国警察が首謀者を捕らえた時点で大勢は決し、クーデター勢力は敗れた。

逮捕者の証言で全貌が明らかになると、アメリカ政府への非難が殺到した。ハワイや日本のみならず、イギリス、フランス、オランダといったヨーロッパ各国もクーデターを批判した。

野党である民主党も議会で攻撃し、大統領のウォレン・ハーディングはラジオでの謝罪を迫られたほどである。

結局、アメリカはハワイに対して正式に謝罪し、代償としてミッドウェー島とウェーク島、ジョンストン島の割譲を余儀なくされた。同時に真珠湾へのアメリカ艦艇の入港は全面的に禁止されることになり、事実上、ハワイから締めだされたのである。

一九二五年にフィラデルフィア条約が結ばれて、ハワイの基地化には制限がかけられることになったが、クーデターの失敗により、真珠湾が実質的に日本海軍の管理下に入ったのは事実だった。

クーデター未遂以後、ハワイはアメリカにとって喉に刺さった棘となった。

ハワイ攻略用のコバルト・プランが作成され、歴代大統領は何度となくハワイ侵攻作戦を実現に移すべく策をこらした。フーバー大統領は低迷する支持率を回復するため、侵攻作戦を最終段階まで推しすすめていたほどだ。

「国務長官の言うとおりだな。残念ながら、あの計画は無茶が過ぎた」

ルーズベルトの目から見ても、一九二三年のクーデターには無理があった。

一八九六年の事件以後、ハワイ王国は軍備を拡張しており、一個師団をオアフに展開するだけの実力を有していた。しかも士官は日本やイギリスで教育を受けており、水準以上の実力を有していた。

また、日本との関係もより親密になっており、駐留している陸海軍とも連絡が取れていた。

とりわけ海軍との関係は良好であり、国王の命令が出れば派遣艦隊が即座に防衛活動についた。戦艦一隻、巡洋艦七隻を中心にした艦隊は強力で、半端なアメリカ艦隊で撃破するのは不可能だった。

結局、中途半端な行動で、アメリカ政府は一敗地にまみれ、ハワイから実質的に手を引かざるをえなかった。ハワイの五大財閥のうち、この時に二つが消え、残りも撤退を余儀なくされた。

あれから一七年が経ち、真珠湾は日本海軍の基地として大きく発展した。

派遣艦隊の規模はさらに拡大し、戦艦、空母を擁して太平洋ににらみをきかせている。すでにアメリカ太平洋艦隊の脅威であり、海軍は西海岸防衛のためサンディエゴの艦隊を強化せざるをえなかった。

「今のままにしておくわけにはいかない。やるのであれば、徹底的にやるしかない」

ルーズベルトは三人を見回した。自然と声は硬くなっていく。

「ハワイは本来、アメリカの領土だ。我々が手にして然るべきところを日本にかっさらわれた。早々に取り返す必要がある」

「では、やるのですか」

スチムソンがルーズベルトを見る。その目には決意をうながす光がある。

「ああ、日本がドイツやイタリアと同盟を結ばなかったのは計算外であったが、ここで引き下がるわけにはいくまい。賽《さい》は投げられてしまったのだからな」

アメリカの世論は、巡洋艦デトロイトの沈没により沸騰していた。

政府が過去の経緯を自国寄りに発表していたこともあり、ハワイを取り返せという声が全米各地からあがっている。民主党のみならず、共和党にも同調する勢力が多く、議会でもハワイおよび日本との対決を望む声が大勢を占めた。

本来の計画であれば、日本がドイツ、イタリアと同盟を結んだところで実質的な敵国とみなし、資産凍結や原油輸出禁止で追い込んでいくつもりだった。最終的に日本は耐えきれなくなり、暴発するという読みがあった。

同盟交渉の中止で思わぬ方向に事態は進んだが、それでもやるべきことは変わっていなかった。日本がヨーロッパの戦争にかかわらないのであれば、それでもいい。単独で戦えばいいだけだ。

日本とハワイが連合しても、経済力ではとうていアメリカにかなわない。必ずなぎ倒すことができる。

ルーズベルトは書類をめくり、欧州情勢を改めて確認した。

「そういう意味では、ヨーロッパが揺れているのは、かえって好都合かもしれんな。余計な抗議をされずにすむ」

「同感です。一九二三年事件の時には、イギリスの抗議が強烈でした。ハワイから手を引かねば、艦隊を出すとまで言っていましたから。ヨーロッパの諸国もそれに同調しました」

「おそらく、バンクーバー、ハワイ、上海とつなぐ太平洋ルートを確保したかったのでしょう」

ハルにつづいて、ノックスが話を切り出した。

「イギリスは南太平洋に植民地が集中しており、北太平洋は手薄でした。ハワイがアメリカの手に落ちれば、北太平洋ルートは途中で寸断されてしまいます。

イギリスとしては、日本に恩を売ってでもハワイの権益を確保したかったはずです」

事実、事件が終わった後、イギリスの軍艦は真珠湾に入港を許され、カナダや上海、あるいはオーストラリアと行き来している。

ハワイ王国と共同でカウアイ島の開発を押しすすめたこともあり、いまだにイギリス資本はハワイで一定の勢力を保っている。実にしたたかな戦略だ。

「ヨーロッパが揺れている状況では、イギリスも太平洋にかかわってはおれまい。カウアイ島の件では文句を言うかもしれんが、本国への支援とシーレーンの確保に協力すると言えば、無茶なことは言ってこまい」

　世界の目はヨーロッパに向いており、太平洋への関心はこれまでにないほど薄くなっている。

　デトロイトの事件もヨーロッパではまったく報道されておらず、一部の政府関係者が知るだけだ。フランスやドイツにとって、太平洋はあまりにも遠い。

「動くのであれば、今しかない。準備はできているな」

　ルーズベルトはノックスを見た。アメリカ海軍を司《つかさど》る政治家は、静かにうなずいた。

「すべて計画どおりに進行しております。日本とハワイ政府が妥協しないかぎり、作戦を遂行できるでしょう」

「そのあたりは大丈夫だ。そうだろう、ハル」

「はい。ハワイ、日本政府には強硬な提案を突きつけており、彼らが受けいれることはないでしょう。できるのは時間稼ぎだけです。その間に我々は準備を押しすすめていきます」

「恐れるものはない。あるとすれば、我らの恐れる心だけだ」

　歴代大統領がなしえなかったハワイ併合、それを実行に移す機会が目の前にある。今さら避けるつもりはない。ただ、堂々と進むだけである。

「では、作戦開始は四日後、九月二〇日とする。それまでに我々はホワイトハウスに戻り、宣戦布告を突きつける。それでいく」

　反対の声はなかった。誰もがこの時を待っていたのである。

　この瞬間、太平洋の覇権をめぐる一大戦争の火《ひ》蓋《ぶた》が切って落とされた。実際に戦火を交えたわけではないが、戦争はこの瞬間にはじまっていた。

ルーズベルトは自分の決断に満足しながら、計画の最終段階を詰めるため、手元の書類に目を落とした。口を開いたのは、新しい煙草に火をつけた直後である。

第二章◎反撃の狼煙

1

九月二〇日　真珠湾

中野利雄《なかのとしお》二飛曹は真珠湾の上空に入った直後、思わずうめき声をあげた。

「これは、ひどい……」

真珠湾は黒い煙につつまれていた。基地施設は炎上し、煙が幕のように広がっている。要港部の施設が集中している南東部は、上空からでは状況を確認できない有様だ。

カメハメハ島の東では艦艇が燃えている。

情報が正しければ、改装空母の壱岐と汎用巡洋艦の国見《くにみ》、さらにはハワイ王国海軍のカイホロとイヴァがやられたことになる。中野も空母らしき船体が傾いているのを確認している。

カメハメハ飛行場も爆撃を受けていて、滑走路が穴だらけだ。離陸できずに破壊された機体の姿も確認できる。

真珠湾は致命的な一撃を受けていた。ここまでやられるとは考えてもいなかった。

中野が呆然としていると、伝声管を通して鋭い声が響いてきた。

「ぼやっとするな。ここは戦場だぞ。まだ敵の攻撃は終わっていないんだからな」

操縦員の石原久《いしはらひさし》一飛曹である。普段は穏やかで頼りになる上官だが、ひとたび大地を離れれば鬼となる。中野も何度となく叱られた。

「し、失礼しました、一飛曹」

「敵はどうだ。残っているのか？」

中野は上空を見回した。

青い空に敵の気配はない。太陽が強く輝いているだけだ。

「敵機の姿なし。どうやら引きあげた模様」

「うちの艦載機も出はじめたからな。そろそろまずいと思って、引き下がったようだ。これで安心して偵察ができるな」

中野が搭乗しているのは、整備を終えたばかりの九六式水上偵察機だった。

中島飛行機が開発した複葉機で、金属と帆布《はんぷ》の組み合わせで製作されている。巡航速度二〇〇キロ、航続距離九〇〇キロは優秀で、運動性能にも優れていた。

ジュラルミンのフロートさえ外せば、九八式艦戦とも互角に戦うことができる。

本来ならば、敵艦隊の偵察に回されるはずだったが、奇襲を受けて多くの艦偵や水偵が破壊されてしまったので、状況把握のために出撃した。

彼らの基地はオアフ東部のカネオヘであり、攻撃開始直後から真珠湾要港部との連絡は途絶していた。一刻も早い状況確認が必要だった。

中野は燃える港を見て衝撃を受けた。

予想以上に真珠湾は打撃を受けていた。基地施設の半分は破壊され、艦艇にも深刻な被害が出ている。

「あっ、燃料タンクが……」

大きな爆発が起きてタンクが弾けた。紅蓮《ぐれん》の炎が大地を焼く。黒煙はさらに激しさを増して、オアフの南に延びていく。

「大丈夫だ。重油タンクは攻撃を予想して地下に作ってある。あれは自動車に使っていたガソリンだろう。たいして量は入っていないはずだ」

石原の声が響く。鋭く短い。声色から彼の思いを察することはできない。

「今は確認と報告だ。いいか、高度を落とすぞ。しっかりと見ておけよ」

「は、はい」

九六式水偵はゆっくりと高度を落とし、真珠湾の西側から上空に入った。

煙が切れ、カメハメハ飛行場の姿があらわになる。滑走路は穴だらけで、管制塔も粉砕されていた。

滑走路で無惨な姿をさらしている機体はバラバラで、原形はまったくわからない。

滑走路を飛び越すと、横たわった艦艇が視界に飛び込んでくる。改装空母の壱岐で、飛行甲板が半分近く海水につかっていた。人の気配はない。対空砲も沈黙しており、無惨な姿をさらけ出しているだけだった。

「ドックはどうだ？　無事か」

石原の声に、中野は視線を正面に向けた。

真珠湾には五万トン級の艦船を整備できる乾ドックがある。ハワイ王国と共同で建設され、太平洋海域では最も大きい。同等の施設は、日本海軍にも呉と横須賀にしかなく、瑞穂や日波といった派遣艦隊の戦艦も、ここで整備を受けていた。

中野が神経を集中すると、煙が切れてドックの様子が視界に飛び込んでくる。自然とうめき声が出てしまう。

「どうした。しっかり報告せんか」

「駄目です、一飛曹。ガントリークレーンが破壊されて、ドックに崩れ落ちています。あれでは当分、使用不能です」

「くそったれ」

ドックが破壊されれば、しばらくは艦艇の修理ができない。戦艦や空母が傷つけばトラックか、最悪の場合は内地に戻らざるをえない。ハワイ王国の艦艇も同様で、ハワイの防衛力が大幅に落ちる可能性もある。

無論、米軍もそのあたりをねらって奇襲をかけてきたのだろう。忌々しいとしか言いようがない。

「もう一度、行くぞ。しっかり目に焼きつけておけ」

石原はホノルル上空で旋回すると、再び真珠湾に戻った。

ホノルルにも煙があがっており、市街地では火災も起きているようだ。死傷者はかなりの数になるだろう。

米軍の強烈な一撃は、ハワイ王国の要衝を打ち砕いた。立ち直るには相当の時間がかかるだろう。


中野は唇を噛みしめて眼下に視線を落とす。

高度は三〇〇メートルほどで、油の浮かぶ海面がよく見える。

注意をカメハメハ島の南に向けた時、中野は思わず声をあげた。

「一飛曹、人が、人がいます！　救助を求めています」

「なんだと！　どこだ」

「島の南です。海防艦の乗員ですね。沈められたんだ」

中野は、海で手を振る人間の姿を捉えていた。確認できるだけでも一〇人いる。

少し離れた海域には沈みかけた海防艦がある。海に投げ出されたのか、あるいは自ら脱出したのか。

「一飛曹、すぐに降りましょう。助けに行かないと」

「馬鹿を言うな。煙で視界が遮られている上に、気流も悪い。着水は無理だ」

「ですが、見捨てるわけには。もし怪我人がいたら……」

長い間、水につかっていれば致命傷になる。少しでも早く助けねばならない。

「鮫《さめ》でも来たら、おしまいです。俺が引きあげます」

「無理だ。着水できたところで、どうにもならん」

石井は声を張りあげた。伝声管を使わずとも、直に声を聞き取ることができる。

「すべてがうまくいったとして、この機体で何人が拾える？　三人か、四人か。残った連中はどうするんだ？　見て捨てるのか」

「そ、それは……」

「どうやって、助ける人間を決めるんだ？　怪我か。それとも家族持ちかどうかか？　一瞬で、どうやって決めるんだ」

九六式水偵では、フロートにのせても数名しか救助できず、残りは湾内に放置することになる。それは、助ける者も助けられる者にもつらい決断を強いることになる。

「幸い湾内だ。遠くに流されることはない。うまくすれば、自力で岸にたどり着けるかもしれん。駄目でも俺たちが救助要請すれば、すぐに船が行くだろう。なんとかなる可能性は高いぞ」

「それは、そうですが……」

改めて中野は眼下の海面を見る。

脱出した将兵は、さらに数が増えていた。その視線はすべて上に向いている。

彼らを見捨てていくのか。何もしないまま放置するのか。

「悔しければ、今の光景を目に焼きつけておけ。その思いといっしょにな」

石井の声はかすかに震えていた。表情は見えないが、思いは伝わってくる。

彼もまた、助けに行けないことを歯がゆく思っている。何もできない自分に、強い自責の念を抱いている。

空の鬼も、彼と考えていることは同じだ。同朋に対する思いを忘れてはいない。

「くそっ、米軍め。今に見ていろよ」

中野は拳《こぶし》を握りしめると、炎上する真珠湾を見回した。

炎は先刻よりも激しく、煙も増えている。

太平洋屈指の軍港は苦悶の声をあげていた。

2

九月二〇日　戦艦瑞穂作戦室

鋼鉄の壁に囲まれた作戦室は、重い空気が支配していた。続々と飛び込んでくる悲報に、司令部の将兵は打ちのめされている。

派遣艦隊参謀長の山口多聞も、海図台に広げられた地図を見つめたままで、何も言えずにいる。

「現在、大破が確認されている艦艇は四隻です。ハワイ王国海軍巡洋艦カイホロに、航空機運搬艦のイヴァ、派遣艦隊の改装空母壱岐に汎用巡洋艦の雲早《くもはや》です。

状況から見て、四隻とも着底していると思われますので、撃沈と同等の扱いをするべきかもしれません。ほかには、巡洋艦のヘキリに石垣《いしがき》、さらには駆逐艦が数隻、被害を受けているようです」

「詳細を知るには、時間がかかりそうだな」

尋ねたのは、派遣艦隊司令長官の有馬良橘大将である。白い髭を生やした顔は、地図を向いたままだ。

表情を変えていないあたりはさすがだ。司令官が動揺すれば、それが艦隊全体に広がることを知っている。旅順閉塞作戦にも参加した歴戦の勇士ならではの判断だ。

「はい、残念ながら」

先任参謀の中澤佑《なかざわたすく》大佐は、青ざめた表情のまま説明をつづけている。

海兵四三期の逸材であり、いずれは連合艦隊に戻ると見られている優秀な参謀であるが、思わぬ事態に動揺を隠すことができないようだ。さすがに有馬とは経験値が違う。

「真珠湾司令部とは、まったく連絡が取れません。司令部施設が直接、爆撃を受けたという報告もあり、小林宗之助《こばやしそうのすけ》司令の安否も不明です。相当に混乱しているようですので、落ち着くまでにはかなりの時間を要するかと」

「脱出した艦艇から話は聞けないのか。何隻か外洋に出ているのだろう」

「断片的な情報が入っているだけです。それをまとめても、真珠湾の状況ははっきりしません。さらにあの混乱ですから、目撃情報が正しいかどうかもわかりません」

「上空からの偵察では、目に見える被害をつかむだけで精一杯か」

有馬の言葉に山口が応じた。

「それも、偵察をおこなった時点での状況です。真珠湾は現在も炎上中であり、被害がさらに拡大することも考えられます」

「やってくれたな、米軍め。敵ながら見事な奇襲だ」

山口も同じ判断である。素晴らしい一撃としか言いようがない。

九月二〇日の〇五三二、アメリカ海軍航空隊はオアフ島の北方から侵入、真珠湾とホノルルの街に奇襲攻撃をかけた。第一波は七二機の大部隊であり、オアフ島を左回りに回り込んで、真珠湾上空に飛び込んできた。

最初の攻撃で真珠湾の司令部施設が破壊され、カメハメハ島周辺にとどまっていた艦艇も致命的な一撃を受けた。たてつづけに爆発が起きて、基地はたちまち炎につつまれた。

山口が報告を聞いた時、すでに米軍は第二波の攻撃をかけたところだった。

第二波は三五機で、今度は東側から攻撃に入った。指揮系統が乱れていたこともあり、邀撃《ようげき》はほとんどできなかった。一方的に攻撃を受け、王宮も爆撃を受けたのである。

一時間あまりの攻撃で真珠湾は壊滅した。王国海軍司令部は破壊され、湾内のカメハメハ島にある飛行場も文字どおり粉砕された。ドックや工廠も破壊されたという知らせが入っている。

艦艇の被害も大きく、貴重な空母を失う結果となった。

ホノルルの街にも爆撃がおこなわれており、陸軍の施設も痛手を受けたということだった。無論、市民にも被害は出ている。

米軍の奇襲に対して、ハワイ王国軍も派遣艦隊もほとんど反撃することはできなかった。完全に虚を衝かれたと言える。

「それで宣戦布告は出ていたのか。もしなかったとするならば、国際法違反だぞ」

山口の問いに中澤は顔をしかめた。

「わかりません。昨日、アメリカ大使が急遽、王宮を訪問する旨を告げたらしいのですが、それが今回の件にかかわることなのかどうか。そのとおりだとしても、宣戦布告から攻撃まで二時間はなかったのではないでしょうか」

「卑怯な。それでも大国か！」

吠《ほ》えたのは、ハワイ王国海軍司令長官のマウマウナである。空母アカラに座乗していたが打ち合わせのため、作戦参謀とともに瑞穂を訪れていた。

目を大きく見開き、顔は赤く染まっている。

「時間をあけずに奇襲など、真の勇者がやることではない。最初から我らの足をすくうことを考えていたのであろう。なんとも腹立たしい」

「ですが、その手に乗ってしまったのも、また事実。米軍は我々の裏をかいてきました」

山口としては忸怩たる思いがある。

巡洋艦デトロイトの沈没事件以来、ハワイ沖のアメリカ艦隊は厳戒態勢にあり、いつ行動を起こしてもおかしくない雰囲気を漂わせていた。

艦隊から五〇カイリに接近すると航空機が出てきて牽制したし、それ以上に前進すると駆逐艦が進出して、露骨に進路を阻んだ。武力衝突に至ってもやむをえないという判断を下していたように思える。

第一、ハワイ沖で演習をしていること自体が挑発行動のようなものであり、うかつな手出しは危険だった。アメリカが事を大きくすべく動いているのは明らかだった。

王国海軍も派遣艦隊も、そのあたりをよく理解していたので、あえて米国艦隊には近づかず、周囲で警戒するにとどめていた。

それが今日になって突然、ハワイに接近し、艦載機を繰りだして奇襲攻撃をかけてきたのである。

しかも派遣艦隊が警戒していたハワイ南方ではなく、北方から大回りをして仕掛けてきた。敵の行動を予測していたにもかかわらず、対応できなかったことには悔いが残る。

「おそらく、米軍は周到に準備をしていたのでしょう。ハワイは本土やサモアからは遠く、補給には困難をきわめる。最初の一撃が失敗したら、敗北への道を転げ落ちる。

そのように考えて、政府、海軍が緊密に協力して、攻撃のタイミングを計算していたに違いありません。思わぬタイミングで宣戦布告して、こちらが準備を整える前に仕掛ける。ある意味、弱者の戦法をとったのも、我々を警戒してのことです」

ハワイを攻撃するのであれば、開戦劈頭《へきとう》に真珠湾を叩くのは当たり前である。

そして、被害を最小限にするのならば奇襲になるわけで、堂々と正面から仕掛けてくると考えていた彼らがうかつだった。

山口が口をつぐむ。

しばし作戦室に沈黙が落ちたが、渋い声がそれを切り裂いた。

「すんでしまったことを、とやかく言っても仕方がない。大事なのは、この先どうするかだ」

有馬は海図を見つめていた。その視線は、八〇歳の老将とは思えぬほど鋭い。

「真珠湾は壊滅し、オアフの基地航空隊も大きな痛手を受けた。しかし、幸いなことに艦艇の大半は真珠湾を出港しており、いまだ健在だ。余力は十分にある」

米軍の警戒にあたるため、ハワイ王国海軍と日本海軍派遣艦隊の主力は、九月一八日に真珠湾を出て、ハワイ諸島南方で警戒任務についていた。

日本とハワイの艦隊は連合艦隊を組み、軍隊区分によって三つの艦隊に分けられている。

日布の戦艦を中心にした第一打撃部隊、ハワイ王国艦隊を軸にして編成された第一機動部隊、そして派遣艦隊の空母を最大限に生かす第二機動部隊である。

全体の指揮は、第一打撃部隊の有馬が執り、第一機動部隊のマウマウナが支援にあたる構図になる。ハワイ防衛を考えれば、マウマウナに指揮権があって然るべきだが、艦隊規模と経験、さらにはカメハメハ六世の意向により、派遣艦隊が主導的な立場を取ることになっていた。

三つの艦隊はいずれも健在であり、有馬が命令を下せば、すぐに作戦行動に入る。

「どう動くかで、ハワイの今後は決まってくる」

「もちろん、反撃です。徹底的にアメリカ軍を叩くべきでしょう」

マウマウナがまくしたてた。

「卑怯者には正義の鉄槌《てっつい》を下すべきです。宣戦布告の時間を調整してまで奇襲にこだわる連中です。小手先の策を弄《ろう》する必要などありません。正面から堂々と仕掛けて撃破すればよいでしょう」

「同感です。即刻攻撃にかかるべきです。ハワイの神も我らを支援してくれるはずです」

第一機動部隊作戦参謀のジョー・アオラニも声を荒らげた。

アオラニは日本海軍に出向し、海軍大学校を卒業した英才であるが、主張が過激で作戦が攻撃に偏る傾向があった。そのあたりをマウマウナが気に入り、作戦参謀に抜擢したのであるが、ある意味、危険なところもある。

祖国が攻撃を受けて怒りに燃えるのはわかる。しかし、そのような時であるからこそ、冷静に行動するべきだ。防御を顧みない姿勢はあまりにも危険だ。

山口はあえて反論した。

「うかつな進撃は危険です。米軍がここまで巧妙に攻撃をかけてきたからには、この先もそれなりの策を講じていると見るべきです。正面から突撃をかければ、米軍のもくろみにはまるでしょう」

「では、どうしろと？」

「まずは、米軍の意図を探るべきです。真珠湾奇襲は、ハワイ最大の拠点をつぶし、我々の防衛力を削り落とすことに目的があったと思われます。

問題はその先です。米軍はどうするつもりなのか。ハワイ諸島のどこかに上陸して、拠点を築くつもりなのか。それとも日布艦隊を攻撃して、ハワイを丸裸にするつもりなのか。

あるいは、ホノルルを攻めたて、市民の戦意をくじくつもりなのか。そのあたりをはっきりさせるべきです」

「上陸など、そんなこと許すわけにはいかん。全力で防衛する」

マウマウナが机を叩くと、鉛筆が軽く跳ねあがった。ますます感情が高ぶっている。

山口は冷静に話をつづけた。

「そのあたりは米軍もわかっているでしょう。そして、おそらく現在の艦隊規模では、上陸作戦が困難であることも。

ハワイは遠く、一時的に上陸したとしても、よほどの戦力がないかぎり保持できません。補給を維持するのですら、かなりの艦艇を必要とするでしょう。常識的に考えれば、上陸はありえません」

「それでも、やる可能性はあるだろう」

有馬が視線を送ってくると、山口はうなずいた。

「アメリカは、無茶を無茶と思わないところがあり、思い切った勝負を賭けてくるかもしれません。

空襲によって混乱しているところで、アメリカ系の移民が暴動を起こし、それにあわせてハワイのどこかに上陸できれば、増援が来るまで陣地を維持できると判断しているかもしれません」

「上陸するなら、このあたりでしょう」

中澤の指が、カウアイ島とニイハウ島を示した。

二つの島はハワイ諸島の西方に位置し、現在、住民がほとんどいない。米軍が仕掛けてくれば、無抵抗で上陸できる。

「あるいは、そのように見せかけて、艦隊決戦で我々を全滅に追いやり、その上でハワイを料理するつもりなのかもしれません。

口惜しい話ですが、仕掛けてきたのは米軍であり、主導権は彼らが握っています。今、大事なのは敵の意図を見抜き、適切に対応することです。

感情にまかせて突撃して、敵の網にかかったのでは何の意味もありません。まずは敵の艦隊を捕捉して、陣容を把握するべきです」

「迂遠だ。一気に決着をつけるべきだ」

マウマウナは納得していないようだったが、先刻よりは冷静さを取り戻していた。地図を見ながら山口の話を聞いている。

「下手に待機していて奇襲を受けたら、どうにもならん」

「それを避けるためにも、敵の位置をつかむべきと申しあげているのです。決戦を挑むにも、様子を見るにも、敵艦隊の動向がわからなければどうにもなりません。アメリカ本土から援軍が来ている可能性もあります。まずは敵情を知ることが大事でしょう」

マウマウナは憮然としていた。頬は赤く、呼吸も荒い。納得していないことは明らかだ。

正面から戦いたいという気持ちはわかる。純粋に心情だけで考えれば、山口も正面から決戦したい。真珠湾奇襲で腸《はらわた》は煮えくりかえっている。

だが全体を考えれば、ここは冷静な行動が必要だ。アメリカがどのような攻撃を仕掛けてくるのか、はっきりしたことはわからない。十分に考えて、確実に対処していく必要がある。

(どこかで抑え役に回るしかないな)

マウマウナの性格を考えれば、いずれ暴走する時が来るかもしれない。自分を抑えることができず、衝動にまかせて攻撃を命じれば、それは破綻につながる。

その時は、自分が抑えに回るしかない。

有馬は司令長官であり、今後のことを考えれば、人格の厚みで艦隊の衆望を集めてほしい。嫌われるのは自分でよい。

マウマウナの表情を見ながら、山口は航空偵察の作戦案を切り出した。それは、現状を踏まえた堅実な提案であった。

3

九月二〇日　洋龍搭乗員待機室

増田正吾《ますだしょうご》飛行長が待機室に入ってくると、搭乗員はいっせいに駆けよった。

たちまち増田の周囲に人が集まる。騒《ざわ》めきは大きくなる一方だ。

「飛行長、敵は、敵は発見できたのですか」

ひときわ高い声で尋ねたのは、永井健太郎《ながいけんたろう》一飛曹だった。艦爆乗りで、九六式艦爆の操縦に関しては空母黒鷹の高橋赫一《たかはしかくいち》大尉をしのぐとも言われている。

「出撃はいつになりますか」

「まだだ。敵は発見できていない」

増田は下がりながら、声を張りあげた。

「おい、ちょっと下がれ。これでは話もできん」

搭乗員に押されて、増田は待機室の壁に押しつけられていた。彼が声をかけると、搭乗員たちはようやく下がり、立って話ができるだけのスペースが確保できた。

増田は一歩だけ前に出て全員を見回した。

「朝熊《あさくま》の三番機、四番機から連絡があった。現在、ハワイ東方五〇〇カイリを索敵しているが、敵影はなしということだ。もう少し東へ行くという報告も入った。

二段で出した我々の索敵隊も、芳しい報告はしてこない。もう少し時間がかかるかもしれん」

「いったい、なにしているんだ。ぐずぐずしやがって」

若い搭乗員が吠える。

戦闘機隊の羽田《はだ》透《とおる》二飛曹だ。中山の同僚であり、豪快な操縦で有名だ。血の気が多く、よくホノルルの酒場で喧嘩している。

「オアフの北から攻撃をかけてきたんだから、およその位置はわかるはずだ。なぜ、こんなに手間取るんだよ」

羽田はいらだちを隠さなかった。

それは他の搭乗員も同じで、増田の報告を聞いて一様に顔をしかめている。

オアフが奇襲を受けてから、すでに六時間が経ち、被害の全貌ははっきりしつつある。真珠湾の基地施設は壊滅し、停泊していた艦隊は多くが被害を受けている。ホノルルの街も爆撃を受け、現在も火災は収まっていない。

中山も燃える真珠湾を自らの目で見ており、被害の大きさは肌でわかっている。美しい港が煙につつまれた光景は、忘れることができない。

燃えるホノルルの街も見た。爆撃は二度にわたっておこなわれており、相当の被害が出ている。

もし、その爆撃が彼の大事な人を傷つけていたら、紀美子の家が焼かれるようなことがあったら、いったいどうすればいいのか。

中山はこみあげる不安を押さえつけることができずにいた。

「飛行長、索敵を増やしましょう。まだ残っている機体はあります」

永井は詰めよったが、増田の表情は渋かった。

「駄目だ。ここで索敵を増やせば、攻撃力が落ちる。肝心の敵艦隊を叩けないのでは意味がない」

「しかし、敵を発見できないのでは、それこそ意味がないではありませんか。ただ待機していることこそ無駄です」

「場合によっては、戦闘機隊を投入してもいいでしょう。一機でも二機でも増やしませんと」

羽田の声に、増田は強い口調で応じた。

「いかん。直掩を減らすわけにはいかん。ハワイの飛行場が打撃を受けた今、オアフ上空を守るのは我々空母部隊だけだ。数を減らすことはできん」

「しかしですね……」

羽田は収まらない。たちまち議論となり、待機室は喧噪につつまれる。

中山も話に加わろうとしたが、興奮する搭乗員に押されて、結局、人の輪からはじき出されてしまった。鋼鉄の壁に背中を打ちつけて、思わずうめく。

「大丈夫か」

穏やかな声に顔をあげると、整った顔立ちの士官が彼を見ていた。

均整のとれた身体には、飛行服が実によく似合う。物腰は柔らかで、声を荒らげて人と争うところは見たことがない。口調も穏やかだ。

それでいて空戦の時には、誰よりも先に飛び込み、果敢に敵と戦うのだから不思議である。

洋龍戦闘機隊小隊長の速水孝一朗中尉だ。中山にとっては直属の上官であり、頼りになる兄貴分だった。

「だ、大丈夫です。見苦しいところを……」

「皆、興奮しているからな。仕方ないさ」

速水は人の輪を見る。増田と搭乗員の話し合いはまだつづいていた。大きな声が激しく飛びかう。

気性の荒いところもある搭乗員だが、普段であれば飛行長には敬意を表し、きちんと対応する。言葉を荒らげるようなことはしないし、突然、議論をふっかけるようなこともしない。

増田は飛行長としては優秀であったし、搭乗員も彼の能力を信頼していた。それがこの騒ぎである。皆がどれだけ動揺しているかわかろうというものだ。

「それぞれハワイにはこだわりがある。爆撃を受けたとなれば、激昂もするだろうな」

派遣艦隊は全員がハワイに生活の基盤をおいている。なじみの飲み屋もあれば、顔見知りの家族もいる。深い関係にある女性がいる者もある。

真珠湾は彼らの家であり、ホノルルは愛すべき第二の故郷なのだ。普段と同じではいられない。

「貴様は大丈夫なのか。気になる者はいないのか」

一瞬、紀美子の顔が頭をよぎったが、口にすることはできなかった。

「平気です。それより小隊長こそ……」

速水の表情は変わらなかったが、それが本心ではないだろう。

橘家はホノルルの郊外に邸宅をかまえており、陸軍の衛戍地《えいじゅち》に近い。爆撃の影響を受けた可能性は否定できない。

速水と静香との関係は、中山とは比べものにならないぐらい深い。

恋人の住む街が攻撃されて、冷静でいられるわけがない。すぐにでも駆けつけたいはずだが、その思いを顔に出すことはなかった。

常に自分を抑え、感情をあらわにしない。それが速水だった。中山は声をかけようとしたが、それよりも早くやわらかな声が響いた。

「大丈夫だよ、三四郎」

トキザネである。青い瞳は中山に向いていた。

「ホノルルの火事は思ったよりも小さい。僕も上から確認したけれど、ダウンダウンが少しやられただけで、郊外は無事だよ。

今のところ、敵の攻撃もやんでいるから問題ない。これ以上、被害が拡大することはないよ」

トキザネの言葉は中山に向けてのものだったが、速水に聞かせる意図もあったのだろう。わざと声を大きくしているところから見て、それは間違いのないことのように思える。

彼の言葉が正しければ、郊外の被害は小さい。ひと安心である。

「ただ大事なのは、これからだね。敵の再攻撃がはじまるようだとよくない。オアフの飛行場は、陸軍も海軍もつぶされてしまったからね。一方的に爆撃を受けるだけになる」

「やはり空母をなんとかしないと」

早々に仕留めるか、ハワイ沖から追い払いたい。しかし、そのためには敵の位置をつかむ必要が……。

中山がそこまで考えた時、カン高い声が搭乗員待機室に響いた。天井のスピーカーからだ。

「朝熊二番機より入電。ハワイ北方に敵空母部隊発見。距離三〇〇。繰り返す、ハワイ北方に敵空母発見。距離三〇〇」

搭乗員の歓声があがる。待ち望んでいた報告がようやく来たのである。

増田飛行長の顔にも笑みが浮かぶ。

「よし。これより洋龍航空隊は、敵空母攻撃の準備をおこなう。総員かかれ!」

全員が背筋を伸ばして敬礼する。一瞬で空気は変わった。

やるべきことは決まった。あとは動くだけだ。

4

九月二〇日　ハワイ諸島東北東三〇〇カイリ

「いた!　いたぞ!　敵艦隊だ。二時の方向」

「わかっている。こっちにも見えている。こんなところにいようとは!」

池田清三《いけだきよし》飛曹は機体を傾け、視線を下に向ける。雲が流れ、青い海が広がる。

眼下の海面には爪でひっかいたかのように、白い航跡が刻み込まれていた。数は一〇あまりで、ラインダンスを思わせるようなそろったラインで左下方から右上方に伸びている。

わずかに曲線を描いているのは、回避運動に入っているからだろう。

この海域に味方の艦船はいない。間違いなく、アメリカ艦隊である。

「輪形陣ではないな。思ったよりも隙がありそうだ」

「ああ、あれならば俺たちでも突破できる。一気に決着をつけてやるぜ」

後席の田中廣吉《たなかひろきち》三飛曹が応じる。口調は荒々しい。

池田も昂ぶる心を抑えられない。ようやくつかんだ反撃の機会だ。真珠湾の状況を考えれば、冷静に行動できるわけがない。

空母黒鷹の第一次攻撃隊は、敵艦隊発見の知らせを受けて、一三三五、勇躍、母艦を出撃した。共に行動するのは三一機の艦戦、艦爆である。

彼らが編隊を組んで米艦隊に向かった時点で、洋龍の航空隊は進撃を開始しており、三〇分ほど遅れての行動となった。

黒鷹は軽空母のため、航空機の展開にはどうしても時間がかかる。急《せ》いていた洋龍航空隊は彼らの集結を待たず、先行したのである。

池田は空中で待機しながら、思いどおりにいかない事態にいらだった。

このままだと洋龍攻撃隊が、先に仕掛けてしまう。彼らは数もそろっており、戦力も充実している。攻撃が成功したら池田が到着した時、すでに大勢は決しているかもしれない。それでは、なんのために出撃したかわからない。

編隊が集結すると、池田は先陣を切るようにして敵空母部隊に向かった。

洋龍飛行隊は、アメリカ空母が最初の報告より南に展開しており、索敵を繰り返しても敵影を捕捉できなかった。

逆に黒鷹の部隊は、微妙に進路がずれたことが幸いして、ぴたりと敵艦隊の頭上に到達することができた。

敵空母発見は一〇分前のことであり、第一次攻撃隊はためらうことなく接近した。

あとは仕掛けるだけだ。

池田が視線を転じると、隊長機から信号弾があがった。全機突撃せよの命令だ。通信機器があてにならない現況では、信号弾による合図が最も確実である。

池田は操縦桿を力強く押す。

その先を三機の艦爆が降下していく。立川飛行機が開発した九九式軽艦上爆撃機だ。

黒鷹は軽空母であり、正規の艦爆は運用できない。二五〇キロ爆弾を搭載して離艦するには、飛行甲板が短すぎる。

そこで配備されたのが、小型軽量の九九式軽艦爆である。

九九式軽艦爆は金属骨格の帆布製で、九二〇馬力の亜三二型エンジンを搭載し、三六〇キロの速度で飛行できる。機体重量はわずか一五八〇キロで、軽空母の短い飛行甲板でも十分に離艦が可能だ。運動性能も高く、搭乗員の評判もいい。

機体構造に工夫に凝《こ》らすことにより、二五〇キロの爆弾を搭載しての攻撃ができた。

しかし、その一方で帆布製の機体は防御力がなきに等しく、新型の　二・七ミリ機銃から攻撃を受ければ、即座に　てしまう。七・七ミリでも翼に直撃を受ければ、羽根がもげて飛行は不可能だ。

構造の問題から降下角度も制限されており、はやりの急降下爆撃もできない。

全金属製に近い能力を持つ九六式艦上爆撃機に比べれば、性能は大きく劣る。付け焼き刃であることは否定できない。

それでも池田は九九式を気に入っていた。

要は腕である。軽量、高機動の機体は驚異的な運動性能を発揮し、敵空母が思いもしない角度から進入することができる。攻撃体勢に入ったところで敵空母が回避に入っても、容易に進路を変えて対応できる。

そして爆弾を投下した後は、戦闘機並みの機動力で空戦を仕掛けてもよい。

急降下ができないと笑う者は、九九式の真の性能を知らないだけのことである。緩降下攻撃の恐ろしさを教えてやる。

「中上《なかがみ》が行くぞ！」

田中の声に眼下の空母を見つめると、同僚の中上五郎《ごろう》三飛曹が空母に接近するところであった。

緩やかに降下すると、旋回して敵空母の後方に回り込む。

そのまま速度を落として爆撃体勢に入る。

「いまだ！」

彼が声を張りあげるのと、九九式が上空を通過するのはほぼ同時だった。

右舷で高い水柱があがり、沸騰した海水が木製の飛行甲板を叩く。

「惜しい。至近弾か！」

「あそこまで行ったんだから、直撃させなきゃ駄目だろう。ったく、普段の大口はどこへ行ったんだよ」

酔うと、空母の一隻や二隻は軽く仕留めてみせると言うくせに。肝心のところで至近弾か。

「本当の爆撃がどういうものか見せてやる」

池田は第一波が攻撃を終えたのを確認したところで、高度を落とした。渦を巻くようにして空母に接近していく。

対空砲火があがり、上空に煙の輪が生まれる。幸い数は少なく、警戒するほどではない。

米軍も対空戦闘のスタイルは確立していないらしい。手当たり次第に攻撃している印象だ。

「上方、敵戦闘機。ブリュースター!」

「大丈夫だ。味方が抑えてくれる」

池田は、敵を追って降下に入る機体を捉えていた。味方の九八式艦上戦闘機だ。

敵戦闘機は旧式のブリュースターF2Aであり、九八式ならば性能面で優位に立っている。味方の搭乗員はベテランだらけだから、簡単に負けることはない。

「右の空母をねらうぞ」

池田はゆるやかに降下し、敵空母の後方に回り込む。高度はすでに五〇〇メートルに達しており、空母をはっきり見てとることができる。

緩降下攻撃で大事なのは、できるだけ速度を落とし、空母に対してピンポイントで爆弾を投下することだ。対空砲火に食われる可能性もあるが、精度を高めるにはやむをえない。

池田が操縦桿を倒すと機体が右に滑る。対空砲火が上空で炸裂し、機体がわずかに揺れる。

敵空母までの距離は三〇〇〇メートルを切っており、その飛行甲板がはっきりと見てとれる。

「右だ。右に回避している!」

「まかせろ!」

池田は右旋回に入る。急降下では軸線がずらされたら、それまでであるが、九九式による緩降下爆撃ならば最後まで修正できる。

「逃がすものか！」

池田はさらに高度を詰める。

速度があがり、巨大な空母が眼前に迫る。飛行甲板を行き来する乗員の姿も確認できる。

空母の舷側に白波が立ち、わずかに飛行甲板が揺れた瞬間、池田は投下レバーを引いた。

「どうだ！」

軽くなった機体を操りつつ、池田は右後方を見る。

右舷に高い水柱があがっている。飛行甲板が濡れ、船体も大きく揺れる。

しかし、直撃ではない。わずかながら外れている。

「くそっ。こっちも至近弾か。ジン・アンド・オレンジをおごらせるつもりだったんだがな」

「大丈夫だ。この位置ならば、もう一度攻撃できる。急いで黒鷹に戻ろう」

「おう！」

池田が操縦桿を引くと、軽い九九式軽爆は風にあおられるようにして上昇に入った。

対空砲火が周囲をつつむ。

すれ違うようにして、戦友の機体が緩降下に入っていく。戦果をあげてほしいと思う一方で、彼らが再び戻ってくるまで大物は残しておいてほしいと願ってしまう。

燃えさかる真珠湾の姿は忘れていない。できることなら、敵《かたき》はこの手で取りたかった。

池田は回避する空母を片隅で捉えつつ、静かに戦場を離脱した。

5

九月二〇日　ハワイ諸島東北東三〇〇カイリ
佐藤重雄《さとうしげお》一飛曹は、右に操縦桿を倒した。
わずかに機体が滑る。

一瞬、遅れて曳光弾が青空を切り裂く。二度、三度とそれはつづく。

「くそっ、まだ振り切れないか」

「はい。ブリュースターは後方に貼りついたままです。しつこい！」

報告してきたのは電信員の武田友治《たけだともはる》二飛曹だ。声は大きくなる一方だ。

「もう少し、もう少しもたせてくれ」

佐藤は視線を正面に向ける。

水平線に貼りつくようにして、艦艇が航行している。数は一二で、いずれも船体の色は灰色だ。上空は対空砲火で黒く染まっている。

右からは味方の艦爆が接近しつつあり、もう少しで攻撃をかけることができそうだ。

なんとか佐藤も後につづきたいところであるが、はたして到達できるかどうか。きわどいところだ。

「ここまで編隊がばらばらになっていなければ……」

佐藤としても忸怩たる思いがある。

一二四九、空母洋龍を出撃した第一次攻撃隊は、一四四三、ようやくアメリカ空母部隊を発見した。予定よりも三〇分以上遅い接敵である。

原因は、索敵機の報告に誤りが含まれていたことだ。敵空母は索敵機が示した座標より南を航行しており、該当海域には何もなかった。黒鷹飛行隊が攻撃をかけていなければ、虚しく空母に帰還した可能性もある。

報告を受けて佐藤たちは急ぎ進路を変更、米空母上空を目指した。しかし、転進が急で、連絡が行き届かなかったこともあって、部隊は戦闘海域に達した時、ばらばらになっていた。

現在は上空を守るはずの制空隊とはぐれてしまい、艦攻と艦爆だけが先行している。たどりついた部隊も三、四機で、効果的な攻撃をかけることはできずにいた。

佐藤も低空からの雷撃を試みたのであるが、その手前で敵戦闘機の迎撃を受けてしまった。

「一飛曹、右前方！」

武田の言葉に顔を向けると、ちょうど艦爆が火を吹いたところだった。対空砲火にやられたらしく、そのまま煙を吐き出しながら海面に落ちていく。

その間にも機銃の攻撃はつづく。

「ええい、魚雷を捨てるか」

佐藤が操縦しているのは、三菱重工業が開発した九七式艦上攻撃機である。

固定脚の全金属製単葉機であり、最高速度は四〇〇キロに達する。八〇〇キロ爆弾もしくは航空魚雷を搭載し、低空で敵艦隊に接近、雷撃する能力を有している。

配備された当初は油圧系統に問題を抱えていたが、ハワイでの改修で解消され、現在では派遣艦隊航空部隊の主力をまかされている。

扱いやすい九七式でなければ、とうにブリュースターに撃墜されていただろう。機体を滑らせながら前進することによって、かろうじて敵の銃撃をかわしている。

しかし、このままではつかまる。

手っ取り早く敵の攻撃をかわすのであれば、魚雷を捨て、九七式の運動性能を生かして戦闘海域から離脱するよりない。

弱気になった佐藤が、投下レバーに手を伸ばす。

「駄目ですよ、一飛曹。ここが踏ん張りどころです」

高い声が響き、思わず佐藤は手を引っ込めた。

「敵は目の前です。なんとかしのぎましょう。いけます」

声の主は通信員の星川三吉《ほしかわさんきち》一飛兵だった。背が低く童顔で、見た目は子供に見える。気性が明るいこともあり、先輩にからかわれることも多い。その一方で意志は強く、厳しい訓練でも音《ね》をあげない。持久走では最後まで粘り強く走り、三位でゴールしている。頼りになる飛行兵であり、佐藤も気に入っていた。

「なんとしても一撃かましてやりましょう。俺たちのハワイのためですよ」

強い言葉に、佐藤は小さく笑った。

そのとおりだ。ここで引いてはハワイの住民に申しわけがたたない。

佐藤が派遣艦隊の一員になって五年が経つ。今でこそなじんだが、配属された当初は何度となく喧嘩騒ぎを起こし、いつ海軍を追い出されてもおかしくなかった。

帝国海軍では、派遣艦隊への配属は左遷を意味する。本当に必要とされている人材は、内地に残るか、せいぜい台湾に派遣される程度であり、ハワイへの転属はもはや出世の見込みはないと宣言されるに等しかった。

司令長官の有馬良橘は八〇歳になる老人であったし、第二機動部隊司令長官の片桐英吉《かたぎりえいきち》中将も出世争いに敗れての転属だった。

参謀長の山口多聞にいたっては、軍令部で参謀を殴りつけ、その責任を問われる形で連合艦隊から叩き出されたのである。今でこそ大人びたふるまいを見せているが、相当の問題児であることは誰もが知っている。

将官だけでなく、士官、下士官、兵もどこか癖のある連中ばかりだ。

そういう佐藤自身も内地でもめごとを起こし、上官を直に非難して目をつけられて左遷された。二度と戻ることはないと言われたほどである。

ハワイに送られた当初はひどく荒れた。叩き出されたという思いだけがあり、ひたすら酒を飲み、暴れ回った。

陸軍の下士官相手に喧嘩をしたこともあったし、ハワイのやくざ者に因縁をつけたこともあった。

ホノルルの酒場でも問題を起こし、逮捕されかけたこともある。いつ軍法会議にかけられて、不名誉除隊になっても不思議ではなく、佐藤は未来に絶望していた。

そんな彼を救ってくれたのは、ハワイの住民だった。騒動を起こしても何度となく彼をかばい、事件をなかったことにしてくれた。彼の代わりに留置場に入った男もいた。

とりわけ飲み屋を営む老女は、家族の一員であるかのように佐藤の面倒を見てくれた。

怪我をすれば手当てをしてくれたし、騒動を起こせば頭を下げて謝ってくれた。金がない時には、その日の稼ぎを全額、彼に渡してくれることもあった。

陸軍の下士官を相手に大立ち回りをした時は、兵士を相手に一歩も引かず、最後まで彼を匿《かくま》った。涙を流して説教してくれる老女を見て、佐藤はようやく自分のおこないを改めた。

どこにいようとも、自分は自分である。文句を並べてもなんにもならない。自分で自分を貶《おとし》めるぐらいならば、やるべきことはある。

そのように思うと、ハワイの情景はまるで異なったものに見えた。

オアフの島は牢獄ではなく、広い世界につながる交差点だった。強い常夏《とこなつ》の陽光は、内地の穢《けが》れを洗い流すシャワーだった。

ハワイの住民は常に心を開いて、彼に語りかけてくれていた。

鮮やかな日差しと、それに照らされる住民の笑顔を受けいれた時、佐藤は過去のしがらみから解放され、自由な個人として生まれ変わった。

ハワイには、人を変える何かがある。少なくとも彼は、今まで知ることのなかった幸福を感じとることができた。

今日、彼にとって第二の故郷が攻撃を受けた。これまで受けた恩を考えれば、敵空母に一撃をかけてやらねば気がすまない。

武田も星川も気持ちは同じだ。オアフに住み、住民の温かさに触れた以上、できるかぎりのことをしたいと思っているはずだ。自らの手で敵をとる機会を逃がすはずがなかった。

佐藤は操縦桿を軽く傾け、進路を修正した。

「敵はどうだ！」

「来ます。右から」

武田の報告を受けて、再び進路を変える。

機銃弾が左の翼をかすめる。直撃があったらしく、かすかに機体が揺れる。

「もう少し。もう少しだ。もってくれ」

艦艇の輪郭がはっきりしてくる。正面を航行しているのはアトランタ級の巡洋艦だ。空母の左舷をがっちり守っている。

なんとか一撃、加えたいが……。

「ブリュースター、後方に回りました。距離は……すぐそこです！　やられる！」

駄目か。

佐藤は身体に力を入れた。

次の瞬間、後方から爆発音が響いた。

間を置かず、衝撃波で機体が揺れる。

佐藤は両腕に力を入れて、操縦桿を固定する。

どうしたと彼が尋ねるよりも早く、右上方を緑の機体が上昇していった。

味方の九八式艦上戦闘機だ。力強い動きで、たちまち距離を取る。

佐藤は鼻を鳴らした。

「ようやくお出ましか。遅すぎるぜ！」

遅れていた戦闘機隊が追いついたらしい。

彼が上方を見回すと、戦場に飛び込む多数の九八式艦戦が確認できた。

「つまらない奴に借りができちまったな」

ちらりと見えた機体番号は、知り合いのものだった。後で何か言ってくるだろうから、酒ぐらいはおごってやらねばなるまい。場合によっては、女を紹介するか。

佐藤は口を結ぶと、正面の巡洋艦に視線を向けた。もはや敵は目の前だった。

6

九月二〇日　ハワイ諸島東北東三〇〇カイリ

巡洋艦の左舷で水柱があがるのを見て、溝口三郎二飛曹は笑みを浮かべた。

思いのほかうまくやってくれた。巡洋艦に直撃ならば、立派な戦果である。助けた甲斐もあるというものだ。

視界をかすめるようにして、九七式艦攻が上昇していく。対空砲火をかわしながら東へ退避する。

先刻、彼が助けた機体だ。ブリュースターＦ２Ａに追い回されているところに駆けつけ、一撃をかけて救い出したのである。

もう少し早くブリュースターがこちらの動きに気づいていたら、失敗していたかもしれない。

「運がよかったな」

艦攻の離脱を確認したところで、溝口は操縦桿を引いた。十分に高度を取ったところで水平飛行に移り、改めて戦闘海域を見回す。

空母上空の戦いは、味方が優勢に立っていた。九八式艦戦はブリュースターを追い回し、確実に撃墜している。

今もたてつづけに二機が火を吹いて、太平洋に落ちていく。

その隙を突いて、九七式艦攻や九六式艦爆が突撃をかけていく。意図したものではないが、雷撃、爆撃の複合攻撃となり、米空母部隊は回避するだけで精一杯である。

米軍の被害は三隻。

そのうちの一隻は、アトランタ級の巡洋艦であり、雷撃によって速度が大幅に低下中だ。

残った二隻の駆逐艦も艦隊から離脱している。

米空母部隊の陣形は大きく乱れており、攻撃には絶好の機会と言えよう。

「後は、こっちがやられないようにすればいいいな」

溝口は冷静に敵を探す。入り乱れる敵味方の動きを見ながら、突入の機会を静かにうかがう。

他の搭乗員と異なり、溝口はハワイを攻撃されても感情的にならなかった。激昂する同僚を醒《さ》めた目で見つつ、出撃の機会を図っていた。

彼にとって、ハワイは生活の場でしかなかった。その日を楽しく生きることができれば、それでいいのであり、それ以上のこだわりはない。確かに内地のような堅苦しさはなく、誰もがおおらかであったが、それに対して特別の感情はない。

適当に食べ、適当に飲み、それなりの女と共に過ごすことができれば、それで満足。

そのように思っていたし、それが現実だと確信していた。

溝口は口元をゆがめると、操縦桿を押す。

プロペラが激しく回り、ガスのかたまりを一息に切り裂いていく。

青い海が眼下に広がる。それは吸い込まれそうなぐらい美しい。

瀬尾《せお》雪子と会ったのも海を見ている時だった。海岸を歩いていた時、一人でいる雪子を見て声をかけたのである。ふっくらとした肢体と、どこかはかなげな瞳が彼の目を惹いた。

いつしか溝口と雪子はつきあうようになった。もちろん彼にとっては遊びであり、これまでつきあったあまたの女たちと同じだ。少なくとも、そのはずだった。

親の目を盗んで逢い引きの宿に姿を見せた時には、こちらが驚くほど緊張していた。服を脱がせ、ベッドに横たえると、身体が震えていたほどだ。

何度か肌をあわせたが初々しさは変わらない。行為がはにかんだ表情で身体をすり寄せてくる。行為がはじまると、快楽を受けいれようとして、身体を開いていく姿もまたたまらない。

父親がハワイで有数の資産家であるという事実も、彼の興味を誘った。貧乏人の溝口が金持ちの娘をさんざんに傷つけ、捨てる。それは最大の快楽をもたらすはずであったが、なぜか、まだそうするつもりにはなれなかった。

（時間の問題ではあるか）

溝口は、軍人として真面目にやっていくつもりはなかった。海軍は生活の道具に過ぎず、一生を捧げるものではない。女と同じで、飽きたらやめる。それだけであるはずだった。

そんな考えであったから、これまで何度となく上官に目をつけられ、懲罰を受けた。下士官になってからも殴れたことがある。

ごく自然に受けいれてくれたのは、洋龍の航空隊だけであった。誰もが海軍からはみ出しており、ふるまいも考え方も自由であった。軍務以外のところで自分の考えを押しつけようとする者は、一人としていなかった。

「おもしろいところではあるがな」

溝口は、ハワイと洋龍が気に入っていた。風来坊の彼がはじめて住まってもよいと思った場所だ。

なぜ、そのように思うのかはわからない。溝口は時折、自分の思いをメモに書き残していたが、後から読んでも意味がよくわからなかった。ハワイや洋龍については、なぜそんな風に思ったのかよくわからないことも記してある。

実に不思議だ……。

溝口は大きく息を吐くと、長い思索から抜け出た。視線を左下方に向ける。

九八式艦戦とブリュースターが航空戦を展開している。有利に立っているのは九八式で、後方に回り込んでいる。

しかし、その後ろには別のブリュースターが忍び寄っている。九八式は追撃に夢中で、後方の警戒を怠ったままだ。

九八式艦戦を操っているのは中山だ。動きを見れば、すぐにわかる。

「まったく、いつだって前しか見やしねえ」

女を追いかけている時と同じだ。まっすぐに相手しか見ない。少し視点を変えて攻めれば、たちまち落ちるのに。

戦闘機も強気な女も、本質的には変わらない。

何度か落とし方を教えようと思ったが、最終的にはやめた。純粋な思いが人を動かすこともある。自分のように穢れてしまった男が手を出すと、おかしくなってしまうこともある。

一瞬、浮かんだ雪子の笑顔を振り払って、溝口は突っ込んでいく。横転降下に入り、九八式艦戦に迫るブリュースターにねらいを定める。

中山が敵機に夢中なのと同じように、敵もまた九八式艦戦しか見えていない。一撃で叩き落とすことができよう。

溝口は逆落としでブリュースターに向かう。双方の進路が交差する一瞬が勝負だった。

7

九月二〇日　ハワイ諸島沖

木梨鷹一《きなしたかかず》中佐が潜望鏡を操作すると、狭い視界に艦艇が飛び込んできた。

数は八から一〇といったところだ。朱に染まった海面を右から左に航行している。陣形は方陣であり、中心には五〇〇〇トン級巡洋艦らしき影がある。

「航海長、見てみろ」

木梨はかたわらに立つ男に声をかけた。

浅黒い肌の男は軍帽の鍔《つば》を後ろに回し、潜望鏡に顔を寄せた。

「どう判断する？」

「間違いなくハワイに向かっていますね。やはり前進をつづけるようです。たいしたものです」

航海長の新井新九郎《あらいしんくろう》大尉は淡々と応じた。予想できたことなので、驚きはないのだろう。

「まったくだ。空母部隊が激しい攻撃を受けたというのに、おかまいなしとは」

「ハワイ攻略の意志は固いようですね」

「しかし、それにしては艦艇が少なすぎる。上陸部隊を送り込むのならば、艦砲射撃で事前に陸上施設を破壊しておく必要がある。なのに、この数ではな」

一〇隻では、自分たちを守るだけで精一杯だろう。本気で上陸をかけるつもりならば、もっと火力に秀でた艦船が必要だ。

「やはり今回の攻撃は、ハワイ住民の戦意をくじくことにあるのか」

「同意します。空、ついで海から砲撃を受ければ、住民は動揺するでしょう。死傷者が増えれば、怨嗟《えんさ》の声もあがるはず。

王国の意志が乱れれば、それだけアメリカにとってはつけいりやすくなります」

新井は潜望鏡を離れて、顔を木梨に向けた。

潜水艦乗りらしくない浅黒い顔は、彼がハワイ出身であることに起因している。武士のような名前であるが、父親は日系二世で、母親がハワイ先住民という、きわめてハワイの血が強く出た人物だ。

幼い頃に父親が内地に移り住み、新九郎も普通の子供と同じように育った。海兵を出ると、潜水艦乗りの道を選び、五年前から父母の祖国で艦隊勤務となっている。

木梨の部下になったのは昨年のことだ。問題が起きても動じず、なにごとにも冷静に対処する。部下の信望も厚く、木梨は全面的に信頼していた。

潜水艦長になる日も、そう遠くはあるまい。

「となると、あの部隊は夜陰に紛れてハワイ島かオアフ島に接近、砲撃をかけて夜が明ける前にとんずらするつもりか」

「不幸なことに、オアフの飛行場はほとんど破壊されており、航空機の展開ができません。真珠湾の被害もかなりのようですから、攻撃に気づいても反撃は無理でしょう」

「それなりに考えた上での行動だな。米軍の司令官は先手を取るのが好きらしい」

〇五三二からはじまったハワイ沖での海戦は、時間が経つにつれて戦況が微妙に変化していた。一方的に攻撃されるだけだったハワイ王国海軍と派遣艦隊が反撃に転じ、アメリカ艦隊に打撃を与えていたのである。

まず、一三三〇から一五三〇にかけて、空母艦載機が米空母部隊に空襲をかけた。

攻撃は散発的だったが、搭乗員が技量を最大限に生かして米艦隊を叩いた。確認できているところでは、巡洋艦一隻と駆逐艦一隻が大破、駆逐艦一隻が小破したようだ。

無論、米空母部隊も反撃に転じている。一五五〇から四〇機の編隊が、洋龍、黒鷹を擁する第二機動部隊に攻撃をかけた。

幸い直掩機と防空巡洋艦の活躍で直撃を受ける艦艇はなかったが、それでも進路の変更を余儀なくされ、第二次攻撃隊の出撃は中止となっている。

これとほぼ同時刻、米空母部隊の南西四〇〇カイリで、駆逐艦が交戦している。味方の水雷戦隊が南に展開していた米艦隊に仕掛けたのである。双方とも沈んだ艦艇はなく、戦いも三〇分あまりで終わっていた。

ハワイおよび派遣艦隊は、真珠湾攻撃の衝撃からようやく立ち直り、目に見える形での反撃に転じていた。

「あとは、司令部との連絡が回復すればな」

「手ひどくやられたようです。当面は無理でしょう」

真珠湾の司令部とは、いまだに連絡がつかない。戦況に関しては、ハワイ王宮からの通信によるものがほとんどで、ほかは戦闘中の艦艇から通信傍受した結果で把握していた。

派遣艦隊司令部は海上で健在とはいえ、真珠湾との連絡がつかない現状は芳しくない。

「ここで、オアフに攻撃を受けるようなことになれば、また司令部が混乱するかもしれません。機能の回復に遅れが出れば、明日以降の海戦にも影響が出るでしょう」

新井の言葉に木梨はうなずいた。

「これ以上、やらせるわけにはいかん。敵艦隊が攻撃可能範囲に入ってきたら仕掛けるぞ。そのために我々は、ここに待機していたのだからな」

木梨は発令所の天井を見つめた。

鋼《はがね》が艦内灯の輝きを受けて鈍く輝く。複雑にからむパイプは血管のようであり、見ているだけで船体の鼓動を感じることができる。

彼が指揮しているのは、ハワイ王国海軍の迎撃潜水艦、衛《えい》〇三だ。

ハワイ防衛に特化した水中排水量八五〇トンの小型潜水艦であり、王国海軍のみが所有し、戦場もハワイ近海のみを想定している。

その特徴は、最大潜水深度と潜水待機時間の異常なまでの長さにある。

ハワイは太平洋上の火山島で大陸棚が存在しないため、島から離れると、たちどころに海が深くなる。一〇〇キロもいかないうちに、深度が四〇〇〇メートルに達する海域もあり、さながら崖のような形になっている。

こうした海域で活躍できるようにするため、ハワイ王国海軍は潜水艦の運用について徹底的な検討を加えた。

従来のように海上を高速で移動しても、敵艦隊の迎撃には間に合わない。それならば、むしろ待ち伏せに徹して、敵が攻撃可能範囲に入ってきた時、最大限に能力を発揮できるようにするべきではないか。そのように考えたのである。

結果として、それが衛型潜水艦の開発につながる。

衛型は、船体を六二メートルと小型化する代わりに、内殻の耐用能力を飛躍的にあげ、潜航可能深度を一六〇、限界潜航深度を二五〇メートルにまで引きあげた。

また、内殻の一つを圧縮空気貯蓄タンクとし、連続潜航時間を九六時間に延ばしたのである。

当然、犠牲となった機能もあり、速度と継続的な攻撃能力は大きくスポイルされた。速力は水中で五ノット、水上ですら、わずか七ノットしか出せない。

衛型は構造上、潜水艦というよりは潜航艇に近く、自らの意志で自由に行動するのはむずかしい。待ち伏せ作戦に特化した潜水艦であり、その能力が発揮できる領域は限られていた。

今回の作戦でも衛型潜水艦部隊は、ハワイの北東海域で潜航待機し、米軍が網にかかるのを待っていた。無理に前進はしなかったし、できなかったのである。

今回、アメリカ艦隊は無理してでも前進してくると見ていたが、それがぴたりとあたった。

「他の艦艇はどうなっている?」

木梨の問いに新井が応じる。

「付近の海域に待機しているでしょう。我々は飛び込んできた敵を面で攻撃することになっています。無駄な動きはしていないはずです」

「我々が仕掛けたところに、第二潜水戦隊が飛び込んでくれれば、戦果はさらに拡大できるのだがな」

二段構えの攻撃が、ハワイ潜水艦隊の基本である。この時のために木梨は寝食を惜しんで、作戦計画の立案に携わった。ここで成果を出さずに、いつ出せばいいのだ。

木梨は改めて潜望鏡をのぞいた。

敵艦隊は確実に距離を詰めてくる。攻撃可能距離まで、あと一〇分もない。

「よし。このまま敵をぎりぎりまで引きつける。その時が来たら魚雷発射だ。機会は一度しかないぞ」

木梨は強い口調で言い切る。

攻撃の機会は一度。これは比喩ではない。

衛型は艦の密閉度を高めるため、密閉型の魚雷発射管を採用している。魚雷の装填は艦内からできず、浮上して外で装填作業をする。魚雷射出はいわゆるスイムアウト方式であり、電気式で起動することになる。

予備の魚雷を持っていても、連続して発射することはできない。海戦がはじまってしまえば事実上、補給はできず、最初の一撃がすべてである。

一二本の魚雷で、どこまで打撃を与えることができるか、それに戦果がかかっている。

木梨は潜望鏡から離れて、周囲を見回した。乗員は緊張しており、無駄口を叩く者もいない。新井も表情は固い。

誰もがその瞬間を待っている。勝負の時は目の前に迫っていた。

8

九月二〇日　ハワイ諸島沖

「浮上だ。このまま行け！」

艦長の声に、砲術長である高島久之《たかしまひさゆき》大尉は目を剥《む》いた。思わず声が出る。

「本気ですか。このまま行けば……」

「わかっている。敵艦隊のど真ん中だろう。ちょうどいいじゃないか。ぶちのめしてやる」

潜水艦長の花房博志《はなぶさひろし》中佐は声を張りあげた。

顔は真っ赤だ。頭に血がのぼっているというよりは、どこか別の世界に意識が飛んでいるようだ。とんでもない事態である。

しかし、艦長が正式に命令を下している以上、逆らうことはできない。ついでに言えば、航海長以下の乗組員も奇声をあげて艦の操作にあたっている。皆、おかしい。

高島がパイプを握るのと、亜《あ》五号潜水艦がトリムをつけるのは、ほぼ同時だった。砲弾のような急角度で浮上していく。

「深度ゼロ、海面に出ます！」

船殻を海水が叩き、亜五号の船体は水平に戻る。海面に完全に出ている。

「ようし、推進器をディーゼルに切り替え！　砲術長、来い。敵の顔を拝みに行くぞ！」

花房は発令所のラッタルに手をかけると、軽々とのぼっていく。動きにためらいはない。

彼が追いつくよりも早く、花房は上部のハッチにたどり着いていた。うなり声をあげながら、自らの手で開ける。

途端に陽光が降りそそぐ。ハワイにしかない独特の日差しだ。

花房は身を乗り出して、声を張りあげた。

「見ろ。やはり敵の真ん真ん中だ。これならば、どこに撃っても当たる」

高島も後につづいて、船体から身を乗り出す。

周囲を航行するのは敵艦だ。亜五号は夕陽を浴びた艦艇に取り囲まれていた。

確認できるだけで前方に二隻、右に三隻、左に一隻。艦種は駆逐艦と巡洋艦で、五〇〇メートルと離れていない。驚いて亜五号を指さす船員の様子も見てとれる。

振り向けば、後方にも二隻の艦艇がいる。進路は同じで、速度はやや向こうが速い。

彼らはアメリカ艦隊の中心に浮上していた。

高島は唖然とした。いくら魚雷攻撃で混乱しているとはいえ、ここまでたやすく敵艦隊の懐に飛び込むことが本当にできるのか。一気の浮上で、必殺の間合いに飛び込めるのか。ありえないことが起きている。

「主砲、右の巡洋艦をねらえ！　急げ！」

高島が声を張りあげると、別のハッチが開いて将兵が姿を見せた。全力疾走で甲板上の一二センチ砲に取りつくと、発射準備にかかる。

敵艦隊を攻撃するのだ。

この距離で撃てば、まず外さない。確実に敵の急所をつらぬき、戦闘力を削り落とすだろう。絶好の機会だ。

逆に言えば、自分たちが先に攻撃を受けたら確実にやられる。こちらは単なる潜水艦であり、巡洋艦の一五センチ砲はもちろん、駆逐艦の一二センチ砲にも耐えられるわけがない。

「はっはっはあ、馬鹿めが。アホなアメリカ人の弾が当たるわけがない」

「いや、艦長、そんなことは」

「あるさ。当たると思えば当たる。当たらないと思えば当たらないものだ」

花房は両手をさっと広げた。興奮しきっている。信じられない姿だ。

花房博志中佐といえば謹厳実直で知られ、若い頃から近寄りがたい雰囲気を放っていた。酒の席でもほとんど乱れず、大言壮語を吐くこともなかった。横目でちらりとにらめば、若い兵がすくみあがるほどで、将官ですら一目置いていた。

それがハワイに来てから豪快に変わった。真面目一本の性格は夢か幻のように消え去り、派手で、おかしなふるまいが目につく不思議な人物に化けた。

パッカードを乗り回し、ビール片手に酒場で歌う姿は、かつての花房には考えられなかった。金髪の女の子を連れて街を歩く姿は、プレイボーイ以外のなにものでもないだろう。

ここまでハワイで劇的に変わってしまった人物は少ない。思い当たるのは、搭乗員の友永丈市《ともながじょういち》大尉ぐらいだろうか。

同じく真面目であった友永はハワイに来ると、その気候にあおられたかのように陽気になり、暇を見つけては波乗りをするようになった。

ハワイは周囲に遮るものがないので、北から高い波が押し寄せてくる。サーファーにとっては、これ以上におもしろい場所はない。

友永はいつしかハワイ屈指の波乗りとなり、五輪で二度も金メダルを取ったハワイの英雄、デューク・カハモナクと家族ぐるみでつきあうようになった。

どうもハワイには、人の性格を変える何かがあるらしい。はまると、人格にすら甚大な影響を及ぼしてしまう。

航海長として花房に仕え、その性格は理解していたつもりだったが、まさかここまでやってくれるとは思わなかった。無茶苦茶もいいところだ。

「砲撃、急げ。やられるぞ！」

高島が吠えると、花房が首に腕をかけてきた。ぐいと身体を引っぱり、顔を近づけてくる。

「大丈夫だ。簡単にやられはせんわ」

「しかし……」

「落ち着け。回りをよく見ろ。敵の攻撃、まだはじまってないだろう。第一潜水戦隊の攻撃は相当に効いているぞ」

花房の声は別人のように低かった。目は細く、口元も引き締まっている。

衛〇一から〇五の攻撃が成功したのを受けて、亜五号潜水艦は敵艦隊に突撃した。

その時点で、米艦隊は駆逐艦二隻を失い、巡洋艦一隻が直撃で中破していた。

衛型潜水艦はモーターを切り、水流に身をまかせる形で米艦隊を待ち伏せており、米艦隊はまったく対応できなかった。

彼らが混乱している最中に、第二潜水戦隊の三隻が仕掛けた。亜四号、亜六号は果敢に雷撃をかけ、一隻の駆逐艦を仕留めている。

その一方で亜五号はしゃにむに突撃し、敵艦隊の懐に侵入、艦隊の真ん中に浮上したのである。

花房の言うとおり、その間、敵の攻撃を受けたことは一度としてなかった。あれだけ派手な音をたてたのであるから、爆雷攻撃を受けても当然であったのに何もなかった。

米艦隊が動揺しているのは確かだ。

そのあたりを花房は見抜いていた。ハワイの陽気にあてられている人物とは思えない分析力だ。あるいは敵中で浮上したのも、艦隊のさらなる動揺を誘うためなのか。

驚いて高島が見ると、花房はぱっと腕を離した。そのまま手を広げて、声を張りあげる。

「だから、こっちはやりたい放題よ。見ろ、右も左も敵だらけだ」

豪快に笑う姿に、先刻までの鋭さはない。珍妙な性格であることに変わりはない。

しかし、ここまで来たら、花房の指揮に乗るしかない。毒を喰らわば皿までである。いや、同じアホならば踊らなければ損というやつか。飛び込んだのだから、とことん戦うしかない。

高島は手を振りあげた。

「撃て、撃て！　敵を一隻残らず沈めてしまえ」

ようやく準備を終えて、一二センチ単装砲が火を噴いた。

すぐさま右の巡洋艦で爆発が起きる。

後部マストが折れ、機銃が弾け飛ぶ。

直撃でスイッチが入ったのか、アメリカ駆逐艦も反撃をはじめた。砲声が轟《とどろ》き、海面が弾ける。

亜五号は硝煙が色濃く漂う海域で、主砲を放ちながら進撃していた。

9

九月二一日　ハワイ島沖三五〇カイリ

見張員の報告を聞いて、空母ワスプ艦長、ジョン・W・リーブス大佐は顔をあげた。

右上方から爆撃機が飛び込んでくる。緩降下で、右に回頭するワスプをねらっている。

軸線が合致したら危険だ。

リーブスは叫んだ。

「舵、戻せ。最大戦速！」

復唱が響き、間を置いて一万一〇〇〇トンの船体が進路を変えていく。右に大きく振れていた船体が戻り、太平洋を切り裂いて直進する。

リーブスが再び上空を見たその時、艦爆が爆弾を投下した。

弧を描いて爆弾はワスプに迫る。

三秒後、右舷海面で爆発が起きた。爆音が轟き、衝撃波で窓が震える。

「右舷、至近弾！」

見張員の悲鳴じみた声があがる。

軽空母のワスプは、沸騰した海水を全身に浴びながら戦闘海域を突き進む。

「くそっ。どうして、こんなことになるんだ」

奇襲は成功したのではなかったのか。

我々は真珠湾とホノルルを攻撃して、日本とハワイ王国の海軍に致命傷を与えたのではなかったのか。

圧倒的に有利な立場にいるはずなのに、どうして攻撃を受けねばならないのか。

空母エンタープライズ、ワスプを中心とする第一六《TF16》任務部隊は、昨日の〇四一六、太平洋艦隊司令部の命令を受けて、ハワイ諸島に接近した。

恨みを晴らせという直截《ちょくさい》的な暗号文が攻撃開始を意味した。

TF16はハワイの北北東三〇〇カイリまで近づいて艦載機を放ち、その後は南に移動した。

ハワイ奇襲は大成功で、真珠湾の基地施設を壊滅に追いやり、湾内にとどまっていた艦艇も仕留めた。王宮への攻撃も成功しており、ハワイと日本に対して痛烈な一撃を与えた。

　当初の予定では、敵は混乱し、満足に反撃できないはずだった。少なくとも態勢を立て直すのに一日か二日を要するはずで、その間に作戦は第二段階に進むはずだった。

　それが、攻撃成功の直後から日布艦隊は反撃に転じ、TF16に対して断続的に攻撃をかけてきた。昨日の段階で巡洋艦オンタリオが大破し、ペリーとバングロフトが中破した。

　ワスプも何度となく至近弾を受け、今朝まで浸水箇所の修理に追われた。

　一方、ハワイ周辺では、奇襲を試みた第一八任《TF》務部《18》隊の一群が潜水艦の反撃で、大きな被害を受けた。無線の報告なのではっきりしたことはわからないが、数隻が沈み、残った艦艇も大半が損傷しているらしい。

　当然、ハワイまでたどり着くこともできず、彼らは撤退を余儀なくされた。

「だから、無茶が過ぎると言ったのだ」

　リーブスの言葉に士官が反応した。何か命令を受けたのではないかと勘違いしたのだ。

　リーブスは手を振り、自分の任務を遂行するように態度で示した。

　高角砲が轟き、周囲を硝煙の香りがつつむ。

　彼が指揮を執っているのは、空母ワスプの羅針艦橋である。視界が広く、安全もある程度は確保されているので、命令が出しやすい。防空戦闘となれば周囲の状況が確認できる場所に赴くのは当然だ。

　リーブスは口をむすび、周囲を見回す。

　空は腹立たしいほどの青さで、雲は水平線に数えるほどしかない。強烈な陽光は、これまでと同じように広い飛行甲板を焼く。

青い海には白波が立ち、それが時折、ワスプにも押し寄せてくる。

どうにもならないぐらいよい天気である。

「もう少し視界が悪ければ、かわせたものを」

雲量が多ければ、敵がこちらを見逃したかもしれない。風が強ければ、航空機の飛行にも影響が出て、思いどおりの攻撃はできなかったはずだ。

晴天は彼らにとって最悪の気象条件であり、押し寄せる敵機を相手に懸命の防空戦闘をおこなわざるをえなかった。

リーブスは敵の動向を確認しながら、新しい指示を下す。

ワスプは左に回頭しながら、機銃を放つ。

煙がたなびき、わずかに窓を汚す。

日本機は対空砲火をかいくぐって、ワスプと、その右舷方向を航行するエンタープライズに接近してくる。

敵の勢いはとどまるところを知らない。

「やはり無茶が過ぎる。ハワイ作戦は強引すぎた」

見あげる彼の頭上を、日本機が突破する。

リーブスは計画を聞いた時から、今回のハワイ作戦を不安視していた。無理がありすぎるように思えてならなかったのである。

ハワイは、アメリカ本土から遠く離れている。サンフランシスコからの距離は二〇〇〇マイルを超え、何かあっても簡単には帰還できない。適当な停泊地もなく、何かトラブルがあっても後退できない。

南太平洋の拠点からも離れている。最も近いキリバスですら約一三〇〇マイル、サモアからだと約二六〇〇マイルとなる。

近くに根拠地がない以上、補給艦隊を伴っても作戦は強い制約を受ける。武器、弾薬の使用は無制限というわけにはいかず、艦艇も損傷しないように神経を使わねばならない。

その中でハワイ攻撃に出るのは苦しかった。演習から転じての奇襲で主導権を獲得できると本土のスタッフは見ていたようだが、リーブスは同意できないままだった。

強力なアメリカ艦隊が近海で演習すれば、ハワイの艦隊は警戒するはずであり、万が一に備えて、艦隊を分散して配置するだろう。真珠湾に艦艇がとどまっていないこともありうるわけで、奇襲の効果が弱まることも最初から想像できたのである。

実際、敵空母部隊は健在で、TF16に対して反撃を加えていた。潜水艦も展開しており、巡洋艦、駆逐艦が損傷をこうむっている。

戦線はさらに広がるだろう。TF16以外の艦隊が攻撃を受けることもありうるわけで、予断を許さない状況がつづくことになる。

無理のある作戦を強行した結果が、これである。

はたして司令部はどのように考えているのか。

リーブスが唇を噛んだ瞬間、見張員の絶叫が響いた。

「右舷、雷撃機接近！　機数三、距離五〇」

視線を転じると、翼を並べて接近する機体が見える。日本軍の艦攻だ。

機首をワスプに向けながら、海面すれすれを突撃してくる。

「落とせ！　接近を許してはならん」

リーブスが手を振ると高角砲が咆哮《ほうこう》する。

雷撃機の上空で爆発が起きるが、動きが鈍る様子はない。槍をかざした騎兵のように、ためらうことなくワスプの右舷を目指す。

「面舵いっぱい。かわせ！」

ワスプが回頭する最中、雷撃機はさらに接近する。

あまりにも反応が遅い。これでは……。

リーブスが次の命令を発する。

それにあわせたかのように、雷撃機は魚雷を投下した。

三本の矢はワスプに向かって直進していた。

ねらいは正確だった。

10

九月二一日　ハワイ島沖二五〇カイリ

中山三四郎は下方を進む機体を発見した。

TBDデヴァステイター、搭乗員の間ではダグラスと呼ばれている艦上攻撃機だ。三年ほど前から実戦配備がはじまっており、今では米空母部隊の主力を担っている。

強力な魚雷は、大型艦でも危険だ。

「やらせるか。逃がさない！」

中山は思いきり操縦桿を押し、降下に入った。

機体がうなりをあげ、らせんを描くように敵に向かっていく。

小さな雲はまたたく間に後方に流れ、青い海が眼前に迫ってくる。

ダグラスが彼に気づいたのは、距離が五〇〇メートルを切ってからだ。あわてて旋回に入る。

「行かせない！」

敵機の姿が射爆照準器に収まる。

九八式艦戦の照準器は、これまでの円筒式に替えて映像式が装備されている。アクリル板に十字照準線を投影し、その中に敵機を捕捉して攻撃するのである。円筒式に比べて、激しい機動でも敵を逃さず、好機と見れば瞬時に攻撃できる。

攻撃の機会が格段に広がったということで、搭乗員には好評だ。

敵機が十字線に入ったところで、中山は機銃の発射ボタンを押した。

翼が震え、銃声が轟く。

曳光弾が敵機に向けてばらまかれる。

「駄目か！」

弾丸は、ダグラスが通過した空をつらぬくだけだった。

「もっと接近しないと……」

中山は右に操縦桿を倒す。

その瞬間、敵機ダグラスは魚雷を落とした。左に旋回すると上昇していく。かなわないと見て、魚雷を捨てて逃亡したのだ。

中山はあわてて追ったが、思わぬダグラスの動きについていけず、取り逃がしてしまった。

まさか、艦隊を前にして魚雷を捨てるとは。思いもしない行動だ。

ダグラスはたちまち中山を引き離した。もう追いつけない。中山は軽く首を振ると、機体を立て直して上昇に入った。

プロペラがガスを切ったところで右下方に顔を向けると、雲の合間から白い航跡が見てとれる。

味方の空母部隊だ。

上空には煙の輪が広がっており、それをかいくぐって敵機が飛び込んでいく。

戦闘はまさに佳境を迎えている。アメリカ軍の攻勢は、ここが頂点だろう。

第二機動部隊は、〇九二八、突如、米空母部隊の攻撃を受けた。三〇を超える機体が姿を見せ、右方向から襲いかかってきた。

あわてて中山も含めた戦闘機隊は迎撃にあたった。彼らは本来、攻撃隊の直掩が任務であり、攻撃隊が出撃するのを待っていたが、敵が襲来した以上、対応しないわけにはいかない。

ただでさえ洋龍と黒鷹には、攻撃準備中の機体がずらりと並んでいる。一発でも直撃を受ければ大惨事になるわけで、敵機撃退は至上命令だ。

中山は左右を見回した。

右下方では、九八式がブリュースターを追撃している。トキザネの機体だ。鋭い旋回は一目見ただけでわかる。

トキザネは無駄のない動きで距離を詰めると、機銃を放った。ブリュースターは一撃で四散し、その姿を消した。

その上方では、速水がダグラスを追い払っている。その動きもすばやい。

「負けてはいられない」

中山は雲の切れ端をかすめるようにして、右に旋回する。

単列九気筒のエンジンが高らかにうなる。

機体の調子は最高によい。今まで以上に動きは切れている。

にもかかわらず、中山はここまでの戦闘で、敵を一度も撃墜していなかった。あと少しというところで逃げられたり、味方の機体に戦果を横取りされてしまう。先刻のように意表をついた動きで振り切られることも多い。

トキザネや溝口、速水が次々と戦果をあげているのを見れば、心穏やかではいられない。自分だけが無能なように思えてしまう。

失地を取り返すためにも、今日はなんとしても敵機を落としたかった。艦隊上空での戦いとなれば、燃料の心配はない。

中山は雲の縁から離れると、高度を落とした。

正面には爆弾を抱えたドーントレスがいる。後方から味方の空母に迫るつもりらしく、ゆるやかに旋回している。

ドーントレスは最新型の艦爆で、急降下爆撃もできる。高空からの一撃を受ければ、空母は致命的な打撃を受ける。

速度をのせて、中山は敵の後方に回った。機銃の発射ボタンに手をかける。

しかし、照準器が捉えた瞬間、ドーントレスは爆弾を落として逃走に入った。左旋回で、彼を振り切るつもりだ。

「逃がさない！」

中山はフットバーを蹴った。

強烈な圧力が胸を押す。見えない巨人に踏みつけられているようなもので、息も満足にできない。

十字線に敵が収まったところで銃爪《ひきがね》を引く。

曳光弾が空を切り裂く。

ドーントレスは旋回して攻撃をかわす。

つづけて連射をかけるが、それも命中しない。

(もう少し、もう少しだ)

中山は懸命に距離を詰める。

敵機は目の前で、ちょっとでも操縦を誤ればぶつかりそうである。

勝負を決めるため、彼は指に力をこめる。

だが、攻撃をかけることはできなかった。後方からの機銃弾が九八式艦戦をつつんだのである。

「しまった！」

追撃に夢中で、後方の警戒を怠っていた。いつの間にブリュースターに貼りつかれている。

中山は右に左に旋回したが、敵機は食いついたまま離れなかった。つづけざまに機銃を放つ。

(やられる)

彼が腹をくくった瞬間、曳光弾が消えた。

背後からの圧力も消失する。

思わず中山が振り向くと、炎を吹きながら落ちていく青い機体があった。

ブリュースターだ。

すでに翼がもげており、自力飛行はできない。

何があったのかと中山が左右を見回した時、横に並ぶ九八式艦戦があった。

速水の機体だ。中山の危機を見て、助けに来てくれたのである。

中山が視線を向けると、速水はゴーグルをあげて、彼をにらみつけてきた。怒っているのがはっきりとわかる。

後方警戒を忘れて、撃墜されかけたのである。搭乗員としては最低であり、腹をたてるのも当然だ。

速水は何度となく警戒を厳にせよと言っており、少しでも手を抜くと厳しく叱りつけた。

わかっていたはずなのに、手柄を焦《あせ》ってミスをしてしまった。許されることではない。もしかしたら、今後の搭乗員割りから外されるかもしれない。

ひどく落ち込みながら、中山は高度を取った。

空母上空での戦いは終焉を迎えつつあった。アメリカ攻撃隊は後退しつつあり、残っている機体は数えるほどであった。

11

九月二一日　戦艦瑞穂作戦室

「では、空母は無事だったのだな」

有馬の質問に中澤先任参謀は静かに応じた。

「はい。至近弾のみで、直撃はありませんでした。雷撃も何度かおこなわれたようですが、なんとか回避したようです。米軍機はかなりの数を投入したようで、きわどいところでした」

「幸運だったたな」

有馬の視線を受けて、山口多聞がうなずいた。

「まったくです。一発でも直撃をもらっていたら、どうなっていたかわかりません。最悪の状況に陥ったこともありえます」

山口の視線は海図に向いた。

ハワイ東方沖には、細かい書き込みがいくつもある。

最も記述が多いのは東北東方面であり、鉛筆で修正された跡も見受けられる。

どれだけ空母同士の戦いが激しかったかわかる。直撃がなかったのは、有馬が言ったように好運であった。

「今後もこの展開は変わらないだろうな」

開戦から二日を経て、ハワイ沖の海戦はさらに激しさを増していた。

日米の空母部隊は互いに艦載機を繰りだし、敵の母艦に対して雷爆撃を敢行している。双方とも数は二隻ずつであり、投入した機体も延べ一六〇機あまりと互角だった。

空母上空では対空砲火が放たれつづけた。

苦しい戦いの中で、戦果をあげたのは日布艦隊だった。昨日につづいて黒鷹の飛行隊が果敢に雷撃をおこない、軽空母のワスプに直撃を与えたのである。報告によれば、大幅に速度が低下しているということだった。

また、エンタープライズ級の空母にも至近弾を与えて、一時は艦載機の離着艦を不可能なところにまで追い込んだ。

その一方で、味方も米艦載機の攻撃を受け、爆撃で駆逐艦軍星《ぐんせい》が大破し、防空巡洋艦の黒尾《くろお》が中破した。洋龍と黒鷹は爆撃と雷撃を何度となく受けたものの、幸い直撃はなく、兵員室が浸水するだけですんだ。

「ワスプ級に直撃を与えたのは大きいな」

山口は海図を指でなぞった。

「アメリカ艦隊は空母を二隻しか展開していない。ワスプが離着艦不能になれば、攻撃可能なのはエンタープライズ級だけだ。打撃力は大幅に落ちる」

空母一隻による攻撃など、たいしたことはない。ハワイ周辺には第一機動部隊の軽空母アカラが待機しており、何かあればすぐに対応できる。また、一部の飛行場が修理を完了しており、明日になれば航空機の運用も可能だ。

「三〇や四〇なら、抑えられるだろう」

「しかしながら、米軍は攻撃を控える気配はありません。空母部隊もワスプが被害を受けているにもかかわらず、再攻撃をかけています」

米軍は、一四三五から一五〇五にかけて第二次攻撃隊を送り込んできた。エンタープライズ級が放ったもので、三〇機あまりだった。

大きな戦果をあげられないことは想像ができるであろうに、あえて仕掛けてきた。

「どうにも意図が見えんな」

有馬は顎髭をなでた。視線は鋭く、姿勢もよい。わずかな仮眠しかとっていないのに、疲れはまったく見えない。まだまだ若いという本人の言葉が現実味を帯びている。

「米軍は、何を考えているのか」

「ハワイを攻略するには数が少なすぎます。空母はもちろん、戦艦部隊をあわせても、とうてい制圧までは無理でしょう」

中澤の視線は海図に向いたままだった。

これまでの報告で、アメリカ艦隊が戦艦を随伴していることも確認されていた。はっきりしているのはカリフォルニア級とカンザス級で、二隻ずつ展開している。

通信情報によれば、もう少しいるらしいが、そちらの所在ははっきりしていない。

戦艦部隊の火力は強力であり、上陸支援に投入されれば絶大な効果をあげるだろう。ちゃちな防御施設はたちどころに破壊され、海岸線に展開している陸兵も薙《な》ぎはらわれてしまうだろう
しかし、今回すべての戦艦部隊がハワイ沖に進出したとしても、上陸部隊を守ってハワイ諸島の

どれかを制圧するのは無理だ。

アメリカはハワイ近隣に拠点がない。一九二三年事件の代償として、ミッドウェー、ウェーク、ジョンストン島はハワイ王国へ割譲しており、停泊しての補給はできない。補給線の維持は不可能であり、無理に上陸作戦を仕掛けても撃退されるだけだ。

「長期にわたってハワイ諸島を制圧するのは困難と判断できます」

「だとすれば、考えられるのは基地施設への攻撃か」

「そう思います。今回の攻撃で、米軍はハワイの防衛力を削ぎ落とすつもりなのでしょう。

真珠湾を叩き、主要艦艇を沈めることができれば、次に攻撃をかける時、かなり楽になります。反撃が弱くなれば、それこそ上陸作戦を敢行することも可能でしょう」


ハワイは資源的な制約もあり、工業力が低い。自国で兵器はもちろん、満足に自動車を生産する能力もない。綿製品も日本やアメリカから多くを輸入している。工場建設の計画も原材料の調達や製品の販路の問題から事実上、頓挫している。

総力戦となれば、ハワイに勝ち目はない。物資は不足し、国民は苦しい生活を強いられることになる。

艦艇や航空機も生産できないのであるから、アメリカ軍が断続的に攻撃を仕掛ければ、ハワイの防衛力は少しずつ削り取られ、いずれは壊滅する。

「上陸はなくとも、今後ともハワイ島やオアフ島への攻撃は十分に考えられます。戦力を考えれば、直接、火砲で攻撃をかけてくることもありえます」

「しかし、それは誰もがわかっている話だ。ならば、対処はできる。ハワイへの攻撃がつづけば、帝国海軍の援軍が来る」

大日本帝国とハワイ王国は同盟関係にあり、片方が攻撃を受ければ、すぐに軍事的な援助をおこなう規定が定められている。連合艦隊はハワイ支援計画を策定しており、米軍の動向にあわせて真珠湾に進出することになる。

山口の指摘を受けても中澤はひるまなかった。即座に答えを返す。

「それは、アメリカ海軍も理解しております。ですからハワイ攻撃にあわせて、帝国海軍の援軍を食い止めるべく策を凝《こ》らしてくるでしょう。実際、すでにマーシャル南東では、小競り合いが起きたと聞いています」

アメリカは、ハワイと同時に大日本帝国に対しても宣戦布告をおこなっており、すでに両国は戦争状態にある。マーシャル沖合で、両国艦隊が衝突したという情報も入っており、予断の許せない状況がつづいている。

「両面作戦というわけか」

有馬の渋い声に中澤が反応する。

「アメリカならば、我が国とハワイを相手にしても戦い抜くことができます。仮にハワイを主作戦として攻勢に徹し、日本海軍との戦いを支作戦として、あくまでハワイへの援軍を防ぐことに徹すれば、さして犠牲を払うことなく、最大限の効果をあげることができるでしょう」

「我々がハワイと同盟を組んでいることを踏まえた上での行動か。ありうるだろうな」

むしろ、そこまで考えて行動していると見るべきだろう。アメリカ軍も愚かではない。

「となれば、今の我々にできることは、防衛力の消耗を抑えること。これになりますな」

山口は海図をにらんだ。

「幸いハワイ東方沖の戦いは、我々が有利に進めております。空母の数でも優位に立ちました。ならば、これを生かして、徹底してアウトレンジで攻撃をかけていくべきです。米軍の手に乗って殴りあうのは危険かと」

アメリカと日本、ハワイでは回復力が違う。こちらが一隻の空母を投入する間に、アメリカは五隻をそろえてくる。艦載機も日本の一〇機に対して、アメリカは一〇〇機を超える機体を用意できるわけで、無駄に戦力を浪費してはなるまい。

「マーシャル沖での戦いがどうなっているのか気になります。もし主力同士の戦いになっているのなら、ハワイへの援軍は期待できず、我々だけで米艦隊を撃破せねばなりません。冷静な対応が必要です」

「儂《わし》もそう思う。敵の目的が現時点でのハワイ攻略ではない以上、うかつな攻撃は危険だ。様子を見て行動する必要がある」

有馬は冷静に戦況をつかんでおり、心配はない。後は具体策を練ればいいだろう。

問題はマウマウナだ。ハワイ王国を束ねる男は米軍に一撃を加えるため、突撃の機会を待っている。有利に戦っている今がその時と見ているかもしれず、派遣艦隊とは別行動を取るかもしれない。マウマウナがいつまでもおとなしくしているとは考えられない。暴走する前に手を打っておきたいところだ。

山口は中澤の説明を聞きながら、ハワイ艦隊の動向に思いをはせた。

残された時間はさして多くない。早めに行動して、ちょうどよいはずだった。

12

九月二一日　ハワイ王国王宮

ドアが三回、ノックされる。いつもと同じ音だ。

この人物は、どんな時でも同じリズムと強さでノックする。ずれることは決してなく、叩いただけで誰が来たのかわかる。よほど体内時計が正確なのか。

ハワイ王国国王カメハメハ六世は、執務用の椅子に座ったまま、ゆっくりと口を開いた。

「入りたまえ」

扉が開き、日本陸軍の軍服を着た男が姿を見せる。

丸顔で髪の毛はかなり薄い。全体的に筋肉質で、身体にゆるんだところは見受けられない。丸い眼鏡がよく似合う。

怜悧《れいり》な瞳の輝きは、冷徹というその人物が持つ独特の印象を作りあげている。

大日本帝国陸軍大佐の辰巳栄一だ。ハワイ王国特別顧問という役職につき、表向きは陸海軍や日本大使館との連絡役を担う。

しかし、単なる軍人でないことは、少し話をしただけでわかる。諸外国の事情に詳しく、日本国内の有力政治家ともつながりがある。政治団体のみならず、いわゆる黒幕《フィクサー》と呼ばれる重要人物にも影響力があるらしい。

ハワイ移民の大物とも知り合いで、彼の発言から思わぬ反応が生じることもある。

軍人であって軍人でない、異色の秀才がそこにはあった。

辰巳は部屋に入ると、踵《かかと》をそろえて一礼した。カメハメハは立ちあがり、手を差しだした。

「すまなかった。わざわざ来てもらって。忙しかったであろう」

「いえ、国王のお呼びとあれば、いつなりと参上いたします。それが私の仕事でもありますから」

辰巳はカメハメハの手を取った。ゆっくりと握りしめる。

それもまたいつもと同じ仕草だ。表情や態度から、内面を探ることはできなかったし、悟らせるほど無能な人物でもなかった。

わかっていれば、それなりに対処できる。無理をする必要はないのである。

「座ってくれ。話がしたい」

カメハメハ六世は来客用のソファーを勧めると、まず自分が先に腰を下ろした。

辰巳は向かい合うような位置に着席する。

夕陽が二人の身体を照らす。朱色の陽光は、まもなくハワイの一日が終わることを示している。

二人が話をしているのは、王宮の南にある国王執務室だった。たいして広くない部屋で、執務用の机と椅子、さらには簡単な会談をするためのソファーが置いてあるだけだ。

調度は質素で、歴代ハワイ国王の肖像画とハワイ島から出土した先住民の壺が置かれているだけだ。仕事の場に無駄な物はいらないという方針からである。

カメハメハ六世は、日本陸軍士官と向かい合った。視線がからむ。

「まず戦況について聞きたい。どうなっている」

「それは、すでに王国軍や派遣艦隊の参謀から聞いているのではありませんか」

「もちろん、知っている。だが、私は君の口から聞きたいのだ。君が、この戦争をどのように考えているのか知っておきたい」

「わかりました。では」

辰巳は説明をはじめた。正しく要点をまとめており、簡易でありながら、実にわかりやすい。

彼の話は、これまでカメハメハ六世が聞いた報告と一致した。

戦闘は二日目に入り、空母部隊の戦いが激化している。今日は二度にわたる海戦があり、日布の艦隊も被害を受けた。その一方で、アメリカ艦隊にも打撃を与えており、今のところ戦況は有利である。

現在、日布艦隊は第二機動部隊が攻勢をまかされ、第一打撃部隊および第一機動部隊はハワイの防備に回っている。今のところハワイに接近する敵艦隊はなく、昨日のようにオアフが直接、攻撃を受けるような事態もないと思われる。

辰巳は戦況を過不足なく説明した。

「ただ油断はできません。戦艦部隊が行方をくらませており、いつ仕掛けてくるかわかりません。正面からの戦いになれば、かなり苦戦することになるでしょう」

「敵戦艦部隊の話は聞いている。後退した可能性はないか」

「味方の空母部隊が戦闘をつづけている現状で、避退したとは考えられません。攻撃する機会をうかがっていると見るのが妥当でしょう」

「海戦はまだつづくということか」

辰巳の表情を見れば、まだ戦いは中盤なのであろう。決着の時は、まだ先なのかもしれない。

カメハメハ六世は、ソファーの背もたれに身体を預けた。足を組んで冷徹な秀才を見つめる。

「陸軍部隊の状況はどうだ。警戒にあたっているのか」

「はい。計画どおりの配置についています。カウアイ、ニイハウにつきましても、今日、大隊規模の警戒部隊を送りました。上陸部隊が姿を見せれば、即座に報告があるでしょう」

「これに乗じてのクーデターは御免だぞ。日本がその気になったら、ひとたまりもない。私の首などあっという間に切り落とされてしまう」

「大丈夫です。万が一、彼らが暴走した時には、私が身を挺して守ります。国王は脱出して、再起を期していただくことになりましょう」

冗談めかしたカメハメハ六世の言葉にも、辰巳は真剣に応じた。

この男だったら、やるだろう。

たとえ銃弾を全身に浴びることになろうとも、最後まで王宮に踏みとどまって、クーデター軍と戦うはずだ。それがかつての味方であったとしても、ためらうことはない。

それが辰巳という人物に、不思議な陰影を与える。冷徹な思考の背後にある熱気をあぶり出してくれる。

「今の段階で、クーデターはありえません。陸軍派遣部隊は、最後までハワイ王国のために戦います」

辰巳がそのように言うのならば、間違いはない。

カメハメハ六世は、最悪の想定を捨てることを決めた。背後から撃たれずにすむのは、やはりありがたい。

「では、先に話を進めよう。この戦い、世界各国はどのように見ている？　反応は出てきているのだろう」

「まちまちです。非難の声もあり、消極的に支持するところもあります」

開戦の事実は、世界各地で報道されている。ロイターはハワイの惨状について詳細な記事を発表したし、タイムズもハワイ駐在員が速報を届けている。

日本では、真珠湾炎上の見出しで東京日日新聞が第一報を届けたようだ。

各国政府も大使館ルートを通じて、ハワイ攻撃の事実を把握している。

「アメリカは宣戦布告をしたが、文書の伝達から攻撃まで二時間あまりしかなく、実質的にはだまし討ちに近い。最初からハワイ王国を侵略するつもりであり、それは道義的に許されることではない」

その旨をカメハメハ六世は各国大使に告げて、ハワイ王国への支援を求めていた。しかし、今のところは反応は鈍い。

「アメリカ政府を強く非難しているのは、日本と満州国で、これは当然でしょう。日本は同時に宣戦布告を受けており、戦争状態に突入しております。

関係が緊張していたとはいえ、アメリカと直接、問題を起こしたわけでなく、戦争への突入をなんとか避けようとしていたところですから。いきなり戦争と言われれば、頭にもきます」

「なるほどな」

「満州国は日本との関係が深いことに加えて、このところアメリカの経済的な圧力を受けていましたから他人事《ひとごと》とは思えなかったのでしょう。アメリカを非難し、全面的にハワイ王国を支援する旨を内々に伝えてきております」

「欧州はどうだ？　今のところ動きはないように見えるが」

「おっしゃるとおりです。欧州各国は、今回の件で沈黙を守っています」

辰巳はメモすら見ずに説明をつづけている。どれほどの記憶力があるのか。

「イギリスは、チャーチル首相が私的発言として早期の解決を望むと述べただけで、あとはいっさいコメントを発表していません。バッキンガムもダウニング街も、沈黙を守っています」

「フランスやオランダはどうだ？　何か言っていないのか」

「ありません。亡命政府は事件に関する論評はせず、なかったことのようにふるまっています」

「アメリカの圧力がきいているのか」

ヨーロッパでは、多くの国がドイツとの戦いに敗れて亡命を余儀なくされ、現在は祖国奪還ため、態勢を整えているところだ。

戦力は乏しく、資金面、人材面でも不安がある。再起を期すには、アメリカの協力が是が非にも必要であり、すでに代表団がワシントンで交渉にあたっている。いわばアメリカはスポンサーであり、当然のことながら、その意向に逆らえるはずがなかった。

逆に言えば、アメリカ政府は欧州各国の事情をつかんでいたからこそ、大胆な戦争を仕掛けたのであろう。

「せめて非難の声でもあげてくれればと思ったがな。支援は期待できないな」

「そのように考えるのが妥当でしょう」

「ほかに気になる国はあるか。たいしたことでなくてもいい。思うところがあれば、それを教えてほしい」

「やはりドイツは気になります。あとはソ連の動向ですね」

辰巳の声にわずかながら熱がこもった。瞳も輝きを増しているように見える。

普段は冷静な辰巳だが、政治、外交について語る時だけ、わずかに内面をさらけ出す。熱い思いがこみあげているのかもしれない。

「ドイツは今回の件で沈黙を守っていますが、これは妙です。ドイツはイギリスと戦争状態にあり、アメリカに対してはイギリスへの物資提供を非難しています。ヒトラーは露骨にアメリカを嫌っており、戦争を考えているとも聞いています。

なのに、今回は何の発表もありません。ヒトラーもゲッベルスも無言をつらぬき、ナチス党も何の行動も起こしていません。珍しいことで、何か裏があると考えるべきでしょう」

「三国同盟交渉が失敗したことと関係があるのではないか」

「考えられません。日本に対する恨みはあるでしょうが、それと今回の戦争に対する論評にかかわりはないでしょう。今回、攻撃の対象はハワイであり、日本ではありませんから」

「そうだな。さすがにうがちすぎか」

カメハメハ六世は苦笑した。やはりナチス・ドイツが相手だと裏を考えすぎてしまう。わかりやすそうで実は複雑というのが、あの国の特色でもある。

「それで、ソ連はどうなのだ？　気になるところとは」

「今のところ沈黙を守っていますが、情報筋によれば、スターリンは開戦の知らせを聞いて激怒し、アメリカに対して正式に抗議をおこないかけたとのことです。


思いとどまったのは最後の瞬間だったらしく、ソ連の高官はアメリカとの関係悪化を本気で恐れていたようなのです」

「それもおかしな話だな。確かアメリカは中国や満州の利権をめぐって、ソ連と協調していたのではなかったか」

「はい。おかげで苦労させられました」

アメリカが東洋進出を加速したおかげで、日本や満州国は経済面で苦境に立たされた。

とりわけ満州では、アメリカが経済支援でソ連を味方につけ、南北から安価な工業製品が国内に流れ込むように仕組んだので、満州国の綿工業は壊滅寸前にまで追い込まれた。日本政府の支援がなければ、最悪の事態を迎えていたかもしれない。

一方、アメリカの中国進出にあたってソ連は沈黙を守り、中国共産党にもにらみをきかせて、しばらくは自由にやらせていた。中国で反アメリカ運動が起きたのはあくまで自主的で、ソ連は嫌がっていたとも噂されている。

「満州はソ連、中国はアメリカとの棲み分けができていると聞いていたが……」

それを考えれば、ここでアメリカと敵対する理由はない。スターリンが抗議しかけたのは、なぜなのか。少なくともハワイ王国がつかんでいる情報だけでは、よくわからない。

「ドイツとソ連に関しては、しばし様子を見るべきだと考えます。予断で行動するのは危険です」

「現時点では、我々の助けにはならんしな」

「そういうことです。残念ですがハワイも、そして日本も世界各国から距離を置かれて、事実上、孤立しています。満州国と中国政府では、今回の戦いには役にたたないでしょう。我々は単独で戦わざるをえません」

「厳しいな」

アメリカは、欧州各国に援助をちらつかせて反対を抑えた上で、日本とハワイを叩くつもりだろう。

場合によってはイギリスやフランス、オランダと手を取り合い、共同で攻略にあたるかもしれない。仏印や蘭印が敵に回れば、日本にとっても苦しい戦いとなろう。

カメハメハ六世はソファーに座り直した。手を組み、身体を前に乗り出して口を開く。

「そこまで分析しているのだからわかっているだろう。君はこの戦争、どうなると見ている」

ここから先が本番だ。戦争全般に関する意見を聞きたくて、カメハメハ六世は彼を呼び出した。

辰巳の視野は恐ろしいほど広く、そして深い。カメハメハ六世が見ていない何かをとらえていることもありうるし、逆に自分の考えを補強してくれることもありえた。

辰巳は、しばし口を閉ざした。

長い話の間に太陽は水平線の彼方に消え、残光だけが西の空にこびりついている。執務室にはランプの明かりが灯され、やわらかい光が二人の顔を照らしている。

辰巳が口を開くと、海からの風がわずかに吹き込んできた。

「最悪の場合、日本は欧米列強の連合国によって袋だたきにあうかもしれません。アメリカ単独でも厳しいところに、イギリス、フランス、オランダが加わったら、どうすることもできません。資源を失い、壊滅するでしょう」

「ハワイも例外ではないだろう」

「もし、アメリカがハワイの陥落を最優先に考えているのであれば、早々に制圧されます。

ハワイはアメリカにとって敗北の象徴であり、早々に手にしておきたい戦略的な要衝です。一気に来ることもありえます。

しかし、これまでのアメリカのやりようを見るに、ハワイを押さえるだけではよしとしないでしょう。大日本帝国は明快な敵であり、中国利権を獲得し、太平洋の覇権を自らの手で握るためにも、一撃を加えておきたいはずです。

できることならば内地まで攻め込み、日本本土を占領したいと考えているかもしれません」

「そこまでか」

「アメリカならば、やるでしょう。あの国はそういう国です」

やる時には徹底してやる国。それがアメリカである。ひとたび勢いがつけば、それは目的を達成するまで止まることはないだろう。

「アメリカ政府は、ハワイとワンセットで日本を滅ぼしたいと考えているかもしれません。日本を倒してしまえば、同盟国であるハワイも自然と立ち枯れることになるわけで、どこかのタイミングで日本攻略を優先することもありえます」

ハワイが現在の体制を維持できるのは、日本の支援があるからだ。陸海軍がハワイに駐留し、王国軍と歩調をあわせて防衛態勢を整えているから、アメリカもうかつに手は出せない。

もし、ハワイがどこの国とも手を結んでいなかったら、とっくにアメリカに制圧されている。そういう意味では、日本との同盟を押しすすめたカラカウア王は先見の明があったと言えよう。

「日本は滅びるかもしれません。今後、戦争が激しくなれば追いつめられる一方で、最終的には降伏を余儀なくされるでしょう。これは運命です」

辰巳は言い切った。それは、さながら預言のような重みを持って、カメハメハ六世の心に響いた。

十分にありえる話だ。

アメリカがハワイのことだけを考えて、戦争を起こしたとは思えない。背後にいる日本との戦いについても計画を練っているだろう。

仮に今回の戦いでハワイを守ることができたとしても、日本が叩かれてしまえばそれで終わりである。考えすぎと笑い飛ばすことはできない状況が、そこにはある。

「敗北となれば、日本政府は責任を問われます。お上も無事ではいられません」

カメハメハ六世と同じで、天皇は国家の元首であり、国家の行動に対して責任を問われる立場にある。開戦を是認した以上、負ければ少なくともその地位は奪われるだろう。

「先の世界大戦が終わった後、欧州では次々と王制が廃止となった。同じように陛下が取り除かれ、制度が消えてなくなることもあると」

「はい。どのように負けるかにもよりますが、皇統が絶えることは十分にありえます」

「日本にとっては、苦しい道だな」

「それでも皇室の血は残ります。このハワイに」

「まがいものだとよく言われるがな」

カメハメハ六世は苦笑した。

ハワイの東伏見宮定麿は正しく血統を残し、今でも三人の男子が健在である。長子はハワイ王宮で侍従の仕事をしており、その息子たちもハワイ政府関連の職務をこなしていた。

歴とした天皇家の血筋であるが、内地の国粋主義者からは軽く見られる。まがいものならばまだよいほうで、三宅雪嶺《みやけせつれい》のように天皇家の血を受け継いでいないとみなす者までいる。

「それでもよいのです。血が残ることは確かで、内地の天皇家に万が一のことがあった時には、彼らが後を嗣《つ》いでくれるでしょう」

辰巳は淡々と語っているが、内容はきわめて危険だ。さすがにカメハメハ六世も緊張した。

「天皇家は万世一系の血統を重視するあまり、海外に皇族を出しませんでした。無論、それは日本が鎖国していたこととかかわってくるわけですが。天皇は内地で生まれ、育った者に限られていました。

ですが、定麿殿下がハワイに住み、皇族の血を残すことによって話は変わってきました。海外で生まれて育った男子が皇室を継ぎ、天皇となる可能性も出てきたのです」

婚約を押しすすめた伊藤博文も、そこまでは考えていなかっただろう。

しかし、大正の御世となり、東伏見宮家の血がハワイに脈々と残るにつれて、それがにわかにクローズアップされた。

それが明快な形で現れたのが、一九二九年の高松宮宣仁《たかまつのみやのぶひと》と定麿の次女であるミヤコとの婚約の件だ。

これは両国の関係をより深めるためであったが、発表されると各所から反対の声があがった。

国粋主義の信奉者は皇室に他国の血を入れるな、皇統を汚すつもりなのかと政府を問いつめた。暴動も起き、国家議事堂の前で警察と市民がぶつかり、死者も出ている。

多くの国民が難色を示したこともあり、結局は婚約の件は立ち消えとなったが、今でも騒動の影響は残っている。

「日本の国民は、天皇の血が外に出ることによって、国体がどのようなものであるのか本気で考えるようになりました。

血がつながっていれば、皇族なのか。それとも、日本で生まれ、育たなければ、天皇家を嗣ぐことはできないのか。万世一系とはどのようなものなのか。国土と不可分なのか、あるいはそれ以外でも存続しうるのか。思い悩んだはずです」

「結論は簡単にでまい」

「でなくともよいのです。考えるだけでも変わってきます。少なくとも相対化はできます」

海外の皇族に思いをはせることによって、皇室がどのようなものか改めて考える。万世一系をただ受けいれるのではなく、それが別の形でも存在可能だということを事実として知る。それが大事であると、辰巳は語っている。

海外に天皇の血筋が残るという事実は、日本の社会に大きな影響を与えている。目に見えないところで、日本人の精神もゆさぶっているはずだ。

もし、天皇家が海外に存在できるのであれば、日本人はどうなのか。日本人は何かという問題にも影響を及ぼすことになる。

海外で生まれ育ち、日本の伝統文化を知悉《ちしつ》した日系人ははたして日本人なのか。日本の山野を知り、そこで育った者だけが日本人なのではないか。

そうした話題にも大きなかかわりを持ち、事実、一部で論争が起きているとも聞いている。

「日本が今回の戦争で負けても、皇統は残すことができます。ハワイに皇室があるかぎり。それは大きいでしょう」

「ならば、ハワイは負けるわけにはいかないな。日本の未来を守るためにも」

カメハメハ六世はわざと軽口を叩いた。緊張しており、少し気を楽にしたかった。

そのあたりを察したのか辰巳も笑った。

「そう思います。予備の皇統を守るためにも、私は全力で戦いますよ」

どこまでが冗談で、どこまでが本音なのか、カメハメハ六世にはよくわからない。ただ、辰巳が最後まで戦い抜くであろうことは、彼にも想像がついた。

三〇分ほど話をすると辰巳は退出し、執務室には国王だけが残った。

再び口を開くまでは時間がかかった。

「聞いていたか」

彼が声をかけると、別の扉が開いて、背広姿の男が入ってきた。宰相のジョージ・ナカイである。

表情の硬さが、彼の受けた衝撃を物語っていた。

「はい。すさまじい話でしたな」

執務室のとなりには宰相の控室があり、必要とあれば会談の内容を聞くことができる。それは、王室の関係者だけが知る極秘事項である。

「辰巳は気づいていなかったのでしょうか。堂々とあのような話をするとは」

「気づいていたさ。彼なら控室の存在など、とうに知っている。私だけでなく、君にも伝えるつもりだったのだろう」

いちいち話すのが面倒だったのか、それとも秘密を知っていることをそれとなくアピールするつもりだったのか。よくわからない男である。

「それで、彼の分析をどう見る」

「的確です。海外情勢については、正確に状況を分析していると見ます。残念ながら、我々に味方する欧州列強はいないでしょう」

ナカイはカメハメハ六世のかたわらに立ったまま話をはじめた。その視線は辰巳の消えた扉に向いている。

「孤独な戦いを強いられるか」

「アメリカは強大で、その気になればいつまでも戦争をつづけることができます。苦しい戦いになるでしょう」

「覚悟を決めねばならんな」

アメリカは一定の戦果を得るまで、戦争をやめることはないだろう。

国土の乏しいハワイは、わずかでも領土が削り取られることになれば、国は存続の危機に陥る。死にものぐるいで戦って、ようやく現状を維持できるかどうかだ。

戦いが長引けば長引くほど、犠牲者は増える。国民のことを思うと、カメハメハ六世の心は重くなった。

「それで、日本の国体の件はどう見る。辰巳の意見は正しいと思うか」

ナカイは首をひねった。

「さすがに飛躍しすぎていると思われます。いささか論旨が乱れていたところもありましたし。まだ考えがまとまっていないのかもしれません」

「だが、一面の真実をついていたことも確かだ」

皇室が外に出ることによって、日本人の考えは変わった。日本で生まれ育たない皇族が存在するという事実は大きい。

内地で男系の皇族が絶えることになっても、ハワイから養子を迎えれば、天皇家が維持できる。

少なくとも血統的には間違いはない。

それをはたして日本人が素直に受けいれることができるかどうか。単純にはいかないだろう。

思わぬ形で日本人は存在基盤を揺さぶられ、新しい道を模索することとなった。

「日本は、また大きく変わることになるかもしれん」

「同意します。ただ、それも今回の戦争をくぐり抜けてからです」

「そういうことだ。アメリカを相手にどこまで戦っていけるか、そこにすべてがかかっている」

カメハメハ六世は手を膝に置き、執務用の椅子に身体を預けた。

ランプの炎が風に揺れる。

オアフ島は静寂につつまれている。潮騒が届くのがその証《あかし》だ。

それがいつまでつづくのか、カメハメハ六世にはわからなかった。

明日にも最悪の事態が訪れてもおかしくない。戦いはまだ中盤を迎えたばかりだった。

第三章◎激闘、ハワイ沖！

1

九月二三日　ハワイ東南東三五〇カイリ

有賀《あるが》幸作《こうさく》中佐の耳に風を切る音が響く。

来たかと思ったと瞬間、右舷で爆発が起きた。

海面が弾け、水しぶきがあがる。

沸騰した海水に混じって破片が船体を叩く。

駆逐艦玉波《たまなみ》の船体は激しく揺れる。

「右舷、至近弾！」

見張員が倒れないように踏ん張りながら、声を張りあげる。顔は興奮で赤く染まっている。

羅針艦橋の将兵は全員、気が高ぶっている。声は大きくなる一方で、仕草も荒々しい。

伝令を務める若い兵は、それこそ空を飛びかねない勢いで、艦橋から飛び出していく。さすがに敵艦を前にして、冷静でいられるわけがない。

有賀も先刻から手を握りしめたままだ。

「敵艦はどうか！」

彼の質問に、左舷の兵がカン高い声で応じた。

「貼りついてます。左八〇！　距離六〇！」

「まだ距離を詰めているのか」

海戦がはじまったのは、距離八〇〇〇メートルだった。思いきり引きつけるつもりだったらしく、一万を切るまでは攻撃の意志を見せなかった。性能に大きな差がある。

砲撃をはじめると、玉波の左舷に貼りついたまま同方向に進んでいる。ただ、完全に平行というわけではなく、微妙に角度をつけているようだ。

接近しているのは、敵にその気があるからだろう。

「ふん。こっちが駆逐艦だから簡単に撃破できると思っているのか。それが甘いというのだ」

有賀は舌で唇を嘗《な》めた。わずかな塩味が心地よい。

左舷を航走しているのは、ブルックリン級の巡洋艦だ。基準排水量は八六〇〇トンで、九万八〇〇〇馬力の主機で三三ノットを叩き出す。

主砲は一五センチ連装砲であり、艦の前部に二基、後部に二基が装備されている。一二センチ連装砲三基の玉波とは火力が異なる。

巡洋艦は、二〇センチ砲を装備した一万トン級から一五センチ級の五〇〇〇トン級まであり、性能に大きな差がある。

海軍軍縮会議が開催された頃には、主砲の口径によって巡洋艦の種類を分ける話もあったが、軍縮会議が中途半端な形で終わってしまったため、その分類は立ち消えになった。代わって機能面での整理が進み、対空巡洋艦、水雷巡洋艦などの呼称で呼ばれるようになった。

ブルックリン級は日本海軍でいうところの汎用巡洋艦であり、駆逐艦にとっては厳しい相手だ。敵もそのあたりがわかっているから距離を詰めてきているのだろう。

だが、有賀は引き下がるつもりはなかった。十分に勝てると判断しての行動だ。

「取舵一〇！　奴らに寄せていけ」

復唱が響き、玉波が左に回頭していく。

その間にも米巡洋艦は攻撃をつづける。

海面が弾け、水柱が船体に押し寄せる。よろめく見張員を戦友が背後から支える。

「水雷長、雷撃戦準備。目標、米駆逐艦！」

有賀は伝声管に命令を伝える。

水雷長の返答は機敏であり、ためらうことなく雷撃戦の準備にかかるはずだ。

魚雷発射管が動くのを見て、米巡洋艦は警戒するだろう。魚雷の直撃を受ければ、八〇〇〇トン級の艦船など木っ端微塵である。回避を頭に入れての行動になる。

それが有賀のねらい目だ。迷いが出れば、それだけ隙もできる。一瞬のためらいが致命的な失策につながり、自分を追い込んでいく。

計算してチャンスを作ることは可能だ。多少の危険を冒せば機会は手に入るのだから、積極的に行動すべきだろう。

有賀は舷窓に駆けより、双眼鏡を使って米巡洋艦を見た。

灰色の船体はわずかに進路を変えている。魚雷発射管の動きを見て、距離を取ろうとしているのか。

「今だ！　主砲、全門斉射！」

一瞬の間を置いて、五〇口径一二センチ砲がうなる。閃光がきらめき、船体が震える。

距離は五〇〇〇メートル。弾着を見て測距をやり直すぐらいならば、できるかぎり砲弾を叩き込んだほうがよい。いずれ命中弾は出るし、なにより敵の動揺が誘える。

「どうだ！」

「着弾、遠、遠、近！　夾叉《きょうさ》です。一発は至近弾！」

「ようし、その調子だ。どんどん……」

有賀の言葉は、大きな爆発で遮られた。

左舷の海面に砲弾が落ちた。一三五〇トンの船体が、海に浮かぶ板きれのように激しく揺れる。

艦橋のガラスが割れて、悲鳴があがる。

至近弾だ。距離は三〇メートルと離れていない。

さすがに巡洋艦の砲弾だ。衝撃も大きい。

有賀は両足に力を入れながら伝声管に叫んだ。

「被害報告！」

「左舷兵員室、浸水！」

「右舷機関室、三名負傷！」

「やってくれる」

米巡洋艦の戦意はまだ衰えていない。魚雷発射の前に玉波を仕留めるつもりらしい。

いい覚悟だ。それでこそ海軍軍人であろう。戦い甲斐がある。

「ならば、最後までつきあってやる。派遣艦隊の意地、見せてやるぞ！」

有賀が左舷を見るのと、主砲が再び咆哮するのは同時だった。先刻よりも砲声は大きい。

視界の片隅で、小さな爆発が起きた。わずかに炎があがっているのが見える。

「やりました。敵巡洋艦に直撃。前檣楼上部が炎上中！」

艦橋で声があがる。

前檣楼トップに打撃を与えたということは、敵の攻撃力が落ちることを意味する。測距は困難になるし、射撃指揮もこれまでのようにはいかない。

艦橋にとどまっていた上級士官が負傷したことも考えられる。

「よし、このまま攻撃。一気に息の根を止めてしまえ！」

有賀の命令に押されたように、玉波は主砲を放ちつづける。それは、攻撃開始当初より勢いを増しているように思われた。

2

九月二三日　戦艦カンザス作戦室

ジェームズ・O・リチャードソン大将は、作戦室に広げられた海図を見おろした。

大きなもので、書き込みも多く、ハワイ東方海域がすべて含まれている。書き込みも多く、ハワイ沖で展開中の艦艇が一目でわかるようになっている。

それだけに、戦況が芳しくないことも直感的につかめてしまう。

リチャードソンは顔をしかめた。

「そうか。ハワイ南方にも艦艇が展開していたか」

「はい。日本・ハワイの連合艦隊は、警戒を怠っていなかったようです」

応じたのは、参謀長のウォルター・S・アンダーソン少将だった。リチャードソンの片腕として、アメリカ太平洋艦隊をまとめあげる熱血漢だ。

「二〇日の早朝、TF16はハワイの北東方面から攻撃をかけました。日本・ハワイの連合艦隊は南方方面で待ち受けており、北方は明らかに手薄でした。二度にわたる攻撃で、真珠湾を壊滅に追いやることに成功しました。動揺した日本・ハワイ艦隊は、当然、北方をケアすると思っていたのですが……」

「敵司令部は冷静だったわけだ。南方をガラ空きにするようなことはしなかった」

二二日の〇六四七、ハワイ南方の海域で、巡洋艦ダラスを旗艦とする五隻の艦隊が、日本海軍の駆逐隊と接触した。三〇分にわたる海戦で、駆逐艦一隻を仕留めたものの、駆逐艦シカードが大破し、巡洋艦ダラスも損傷した。

思わぬ反撃に、艦隊は南方からの進出をあきらめて後退したのである。

「戦力的には我々が優勢でしたが、敵艦隊は最後まで崩れなかったようです。戦いぶりを見るかぎり、パールハーバーの奇襲からは立ち直ったと見るべきでしょう」

「奮戦しているのは空母部隊だけはなかったか」

リチャードソンは、ハワイ東方沖の書き込みに目を移した。そこには二日間にわたる戦いの記録がある。

日本、ハワイの空母部隊は、奇襲直後から反撃に転じ、二〇日の午後にはTF16に仕掛けた。二度にわたる攻撃で、空母ワスプが中破し、エンタープライズも至近弾で機関部が浸水した。

二一日も断続的に攻撃を受け、ワスプは離着艦不能に追いやられてしまった。

巡洋艦オンタリオも右舷の缶室が破壊されて戦線離脱を余儀なくされたし、駆逐艦マスティンは爆撃を艦橋に受けて航行不能、自沈処理となった。

TF16は少なからぬ傷を受け、退避中である。

「二〇日には、ハワイ砲撃をねらったTF18が損害を受けています。サンタアナは中破し、駆逐艦一隻が大破しました」

「その一方で、我々の攻撃はほとんど戦果をあげていない……か」

リチャードソンは腕を組んだ。声が低くなるのは致し方ないところだ。

二〇日早朝、太平洋艦隊は海軍作戦本部からの命令を受け、オアフに奇襲攻撃をかけた。厳密な時間指定を受けての作戦であり、一瞬のミスも許されなかった。予定より一二分遅れでの攻撃開始は、最高の出来であったと言える。

初動で艦隊はパールハーバーを壊滅に追いやり、日本やハワイ王国の艦艇を沈めることに成功した。大戦果であり、報告を聞いた時にはリチャードソンも作戦の成功を確信した。

しかし、日本・ハワイ艦隊がすばやく反撃に転じたこともあり、結果は出ていなかった。

空母戦では日本の駆逐艦を一隻沈めただけだったし、ハワイ南方の砲撃戦でも敗北がつづいている。その後の戦艦によるハワイ攻撃も実現していない。

強力な壁によって、アメリカ艦隊の進撃は阻まれていた。

「日本・ハワイ艦隊、思いのほかやります。このままですと、逆に我々が追いつめられることになるでしょう」

アンダーソンの言葉に、リチャードソンは冷静に応じた。

「奴らも馬鹿ではないということだ。この時が来るのに備えて準備を積み重ねてきたのだろう」

ハワイ王国は二度にわたるクーデターをはねのけ、日本の政府の支援を受けながらも独立国としての地位を保ってきた。ヨーロッパやアジアの王室とも手を結び、アメリカ政府の圧力にも対抗している。

現国王のカメハメハ六世は冷静沈着な統治者であり、国際情勢にも精通していると聞く。この奇襲に対してもあわてることなく対応しているのだろう。

「大事なのは、この先だな」

リチャードソンが顔をあげると、海図台の横に立っていた若い士官が応じた。

「作戦は二つです。ごり押しするか、あるいは後退するか」

作戦参謀のチャールズ・A・パウナール大佐だ。知将として知られ、堅実な作戦案を立案することに定評がある。スタッフとの調和を重んじ、自分を無理に主張するところはない。

ただ、いささか戦意に欠けるところがあり、損害を恐れて計画が消極的になることがあった。

パウナールは海図を指で示した。

「幸い戦艦部隊は無傷。空母部隊にも余力がありますす。ここから攻勢に転じれば、被害は広がるでしょうが、日本・ハワイ艦隊に致命傷を与えることができるかもしれません」

「後退すれば、どうだ？」

「艦隊を保持し、今後もハワイに対して継続的に攻撃をかけることができます。一方で、負けたという印象を内外に与えますから、我々の評価は落ちるでしょう」

「評価に関して気にする必要はない。大事なのは、ハワイに対して打撃を与えることが可能かどうかだ」

リチャードソンは腕を組んだ。

艦内灯のやわらかい光が、彼と彼のスタッフを照らし出す。


アンダーソンやパウナールは、無言でリチャードソンの返事を待っていた。他のスタッフも同様だ。全員が作戦の切所《せっしょ》であるとわかっている。

彼我の動向を確認した上で、リチャードソンは決断を下した。

「よし。ここは一時、後退しよう」

目を見開いたのはアンダーソンである。反射的という雰囲気で、その口が動く。

「長官、それは……」

「いや、このままハワイ海域から離脱するのではない。一時、敵艦隊を引きつけるために後退するのだ」

リチャードソンは、海図の一角を指で叩いた。

「攻撃から二日が経ち、真珠湾やオアフの飛行場は立ち直りつつある。基地飛行隊が出撃したという情報も届いている。今後、ハワイの基地施設が回復するとなれば、この海域に貼りついて戦うのは危険だ」

「艦隊と基地航空隊の挟撃を受けることもありえますね」

リチャードソンはうなずいた。

「ただでさえ日本・ハワイ艦隊は、巧妙に連携して攻撃をかけている。そこに、基地航空隊が加わるのはかなわん。

そこで、日本・ハワイ艦隊をハワイから引き離し、その上で全力攻撃を敢行する。まずは確実に空母、戦艦に打撃を与えて、艦隊の戦闘力を削ぎ落とす。前進するのは、その後になる」

「敵艦隊がダメージを受けて後退する。オアフへの再攻撃も容易になります」

「最低限の目標は達成できるだろう」

今回、太平洋艦隊は、ハワイの防衛力を削ぎ落とすことを目的として出撃していた。オアフ島やハワイ島の基地をつぶし、周辺に展開している艦隊を叩く。ハワイ王国に対して楔《くさび》を撃ちこみ、次の本格作戦の糸口とするのがねらいだった。

幸い真珠湾奇襲には成功した。艦隊を叩き、再度、基地施設を空襲すれば、ハワイ王国は周辺海域の制海権を保持することすら困難になる。

その後は、通商破壊戦を展開してじわじわ締めあげるもよし、大艦隊を投入して一気に上陸作戦を展開するのもよし。作戦の自由度は大幅に広がり、それだけアメリカ海軍は勝利に近づくことになる。

今回の作戦は、ハワイ攻略作戦、いわゆる雷神の槌《オペレーション・トールハンマー》作戦の第一段階であり、本番はこの先の第二、第三段階だった。

「これを足がかりにして、なんとか突破口を開く。そのつもりで行動してくれ」

リチャードソンが見ると、全員が背筋を伸ばして応じた。

ハワイ攻略は、アメリカの悲願である。誰もが夢見ており、機会をうかがっている。

リチャードソンは大統領のフランクリン・D・ルーズベルトとは折り合いが悪く、海洋戦略をめぐって激しく議論したが、ハワイ攻略に関してのみ意見が一致していた。

早期に制圧する。そういうことである。

リチャードソンは一九二三年のクーデター未遂事件に参加しており、日本艦隊を相手に一敗地にまみれている。負けたという事実を知った時の衝撃と屈辱は、いまだに忘れていない。

どちらかといえば、リチャードソンはドイツの動きを踏まえて太平洋の積極攻勢に反対していたが、ハワイ攻略を提示されてしまえば従わないわけにはいかなかった。汚辱の歴史を消し去るのは、今しかないのである。

太平洋艦隊を束ねる男は、改めて海図を見つめた。数度の戦いを経て、彼我の戦力ははっきりしており、その動向もはっきりしている。

ねらいは、これまで戦いに参加していない敵。それだった。

3

九月二二日　ハワイ東方二五〇カイリ

第二機動部隊司令長官、片桐英吉中将が艦橋にあがると、部下がそろって敬礼した。

海軍軍人らしい清々《すがすが》しさと美しさがあり、見ていて気持ちがよい。

片桐が答礼すると、将兵は自分の任務に戻っていく。歩み寄ってきたのは一人だけだ。

「どうなされたのですか、長官。もうお休みだったのでは？」

「いや、気になることがあってな。ついあがってきてしまった。どうだ、様子は」

「今のところは穏やかです。大きな変化はありません」

参謀長の菊池朝三《きくちともぞう》大佐が応じた。陽に焼けた顔に精悍《せいかん》な笑みが浮かぶ。

菊池は長く海軍航空とかかわってきた男で、帝国海軍では空母の飛行長や基地飛行隊の副司令、航空本部の教育部課長を務めてきた。霞ヶ浦では急降下による敵艦攻撃の戦策を練りあげ、演習で披露したこともある。

実力のある人物だが、あまりにも航空主兵を唱えたため戦艦派の上層部ににらまれて、派遣艦隊に放りだされてしまった。海軍の出世街道からは外れたと言える。

もっとも本人は左遷を気にしておらず、嬉々《きき》として派遣艦隊の航空作戦を練りあげている。ハワイの気候もあっているようで、仕事の能率は内地にいる時よりもあがっているらしい。

「さすがに、この間合いでは来ないか」

「日が暮れていますから。この天候では、米軍もうかつには動かないでしょう」

空母の周囲は闇につつまれている。空は雲で覆い隠されており、月明かりが海面を照らすこともない。真の闇であり、伸ばした手の先すら見えないだろう。

空母洋龍の羅針艦橋も灯火管制をしているせいか、さながら外の闇と一体になったかのような暗さだ。話している相手の表情をとらえるには、かなりの努力を必要とする。

時刻は二一〇〇を過ぎており、ハワイ東方海域は静寂につつまれている。響くのは、洋龍の機関が生み出す低い音だけだ。

片桐は開戦以降の三日間、第二機動部隊の司令長官として空母部隊の指揮を執っていた。

ハワイ奇襲には驚いたが、すぐさま態勢を立て直して索敵機を展開、洋龍、黒鷹の飛行隊で米空母部隊に攻撃を仕掛けた。これまでの戦いでアトランタ級の巡洋艦を撃沈、ワスプ級空母を大破に追いやっている。奇襲を受けたにしては上出来の戦果だ。

その一方、第二機動部隊にも少なからぬ被害が出ている。防空巡洋艦の黒尾は二発の魚雷と一発の爆弾で大破し、すでに戦線を離脱している。

防空駆逐艦の乱撃《らんげき》は爆弾二発で轟沈《ごうちん》し、洋龍も至近弾を受けて浸水した。

犠牲者はかなりの数にのぼる。

最前線で戦っているのだから仕方ないのであるが、片桐としては心が痛む。

現在、第二機動部隊は米空母部隊を牽制するため、進路を東南東に取っている。今のところ攻撃の気配はないし、一時間前に入ってきた情報が事実であるとするならば、攻撃そのものができないだろう。

片桐は夜の海を見つめたまま口を開いた。

「貴様はどう思う？　米艦隊後退の件」

「情報そのものは間違いないと思います。二機の水偵が確認しておりますから、勘違いではありません」

米艦隊後退の知らせは、一七〇三と一七二五に届いた。最初の一報は第一機動部隊の水偵、第二報は防空巡洋艦の朝熊が放った機体からだった。

すでに帰還した搭乗員から報告を聞き、情報が間違いないことは確認ずみだ。

アメリカ艦隊は一八〇〇以降、後退に入っていた。それは空母部隊だけでなく、戦艦や巡洋艦の部隊も含まれている。

「思いのほか早いな」

「空母部隊には大きな被害が出ておりますので、

態勢を立て直すために下がるのは納得できます。しかし、他の部隊も後退するというのは、どうも解《げ》せません。

ここで下がってしまったら、わざわざハワイまで進出して攻撃をはじめた意味がありません」

「そうだな」

「米軍にはまだ余力があります。空母部隊もエンタープライズ級は無傷ですので、踏みとどまっての攻撃は可能なはず。この間合いで全艦隊が後退するのは不自然。つまりは……」

「罠か」

米軍は日布艦隊を誘っている。ハワイから引き離したところで再攻撃に転じ、改めてハワイ攻略作戦を押しすすめるのではないか。

「はい。本気で後退するならば、もう少し動きがばらばらになるでしょう。露骨すぎます」

菊池の判断は正しい。負けているとはいえ、米軍の後退は早過ぎる。秩序を保ったままの艦隊行動を見れば、何かあると見るべきだろう。

「司令部もそのあたりを知ってか、待機するように命じているしな」

片桐は二〇三五に、有馬司令長官から、米軍の動きにまどわされずに待機せよという命令を受けた。

派遣艦隊司令部も米軍の動きが不自然であることを見抜いており、様子見に徹するつもりでいる。

「このまま後退してくれれば、それに越したことはないがな」

片桐は腰に手をあてた。闇が濃度を増し、彼らをつつみこむ。

「我々はハワイを守ることができれば、それでよい。無駄な戦いで、戦力を消耗することはしたくない」

「同感です。消耗戦になれば、米軍の思うつぼでしょう。無限の回復力があるアメリカに対して、こちらは戦闘で消耗してしまえば、それでおしまいです。無理はできません」

アメリカとの戦いが、この一戦で終わるとは思えない。必ずなんらかの形で仕掛けてくる。その時のために万全の備えが必要だ。

「今はこらえる時だ。敵の手に乗ってはいかん」

「となると、艦長や飛行長にはがんばってもらわんとなりませんな」

闇夜に菊池の笑みが浮かぶ。緊張していた空気がわずかにやわらぎ、片桐も笑みを漏らした。

待機がつづくとなれば、搭乗員の不満は高まる。洋龍の搭乗員は、よく言えば士気旺盛、悪く言えば喧嘩早く、常に攻撃の機会をうかがう連中ばかりだ。

相手が上官であっても、納得できなければ平然と文句を言い、頭を抱えるぐらいの意見具申を叩きつけてくる。

飛行隊長の村田重治《むらたしげはる》少佐ですら愚連隊の親分のようであり、先月には陸軍の航空隊相手に大立ち回りを演じた。ハワイで習ったボクシングの技術を使ったようで、五人をまたたく間に倒してしまったらしい。

部下も推して知るべしだ。

艦長の長谷川喜一《はせがわきいち》大佐も、飛行長の増田正吾中佐も頭に血がのぼった搭乗員には手を焼いていた。

もっとも、困っておりますと語る二人の表情は実に楽しそうだったが。

結局、搭乗員をまとめあげるには、命令で締めあげていくか、あるいは搭乗員の気持ちを理解して、うまく説得していくしかない。

そういう意味で増田はよくやっている。搭乗員と対話を持ち、最大限、彼らの意見を受けいれつつも、締めるところは思いきり締めている。

うまく搭乗員を統制下に収めているあたりはたいしたものだ。長谷川喜一艦長の信頼が大きいのもわかる。

「まあ、派遣艦隊に来るのは、どこかおかしい輩《やから》ばかりだ。好きにやらせて、大事なところだけ手綱を締めるしかなかろう」

「さすがは長官、よくわかっていらっしゃる。長官自身もかなりおかしなほうですからな」

「俺はまともだぞ」

「何をおっしゃるのか。軍令部の図演で、こんな都合よくアメリカ艦隊が動くかと段取りそのものを批判したではないですか。文書をしたためて、総長に文句を言ったとも聞いております。そこまでやれば、派遣艦隊に飛ばされますな」

菊池のからかうような口調に、片桐は顔をそむけた。

「俺は間違ったことは言ってないぞ」

片桐はハワイを軽視した図演に納得できず、堂々と抗議しただけである。

ハワイを見捨てれば、アメリカは真珠湾に前進基地を築き、内南洋、ついで本土をねらう。内地を守るためにも連合艦隊は決戦思想を捨て、柔軟な対応でハワイ王国と協力すべきと語った。

上層部の逆鱗《げきりん》に触れることは想定済みだ。帝国海軍はあくまで日本を守ることに重点を置いており、ハワイの戦略的価値を不当に低く見ていた。片桐はその点に不満をおぼえており、計画を改めるように軍令部第一部に文句をつけていた。

ハワイに飛ばされたのは僥倖《ぎょうこう》であった。おかげで片桐は時間をかけて空母部隊を鍛えあげ、ハワイ東方沖の防備態勢を強化できた。

「変人扱いは心外だな。俺はやるべきことをやっただけだ」

「皆、そう思っていますよ。だから、おもしろいのです」

派遣艦隊は搭乗員だけでなく、乗員から基地要員、さらには司令部のスタッフまで変わり種が多い。ある意味、自分に正直で、自分が正しいと思った道を邁進する。個性的であるがゆえに扱いにくい。

ただ、ハワイを守るという意識だけは共通しており、危機に陥ると足並みをそろえて行動する。誰もがハワイにこだわりを持ち、その住民を愛している。

搭乗員がいきり立つのも強い思いゆえだ。

「ここで耐えるのも、ハワイの地を守るためだ。搭乗員には我慢してもらわねば……」

片桐の言葉は、艦橋に飛び込んできた水兵によって遮られた。

「で、伝令であります」

若い水兵は片桐の前に立つと、背筋を伸ばして敬礼した。

片桐は答礼しつつ、水兵の顔を見る。

「どうした。何があった」

「二一二二に電文が入りました。第一機動部隊は二一〇〇をもって、アメリカ艦隊追撃に入る。繰り返す第一機動部隊は、アメリカ艦隊追撃に入る。以上です」

「なんだと！」

片桐は声を張りあげてしまった。

「参謀長」

「大変なことになりました」

菊池の顔はこわばっていた。明るければ、青い表情が見てとれたかもしれない。

「第一機動部隊の司令長官はマウマウナ王子です。アメリカ艦隊の動きを見て、好機と見たのでしょうが」

「馬鹿な。みすみす罠にはまるとは」

マウマウナ王子は好戦的で、ハワイが攻撃を受けた時から積極的な反撃を唱えていた。司令部の会議では、声を荒らげる場面もあったらしい。

後退の場面はマウマウナにとって、これ以上はない機会に思えたのであろう。

無論、戦いはそれほど単純ではない。

片桐たちの予想が正しければ、アメリカ艦隊は何か仕掛けてくる。強烈な反撃をかけてくることもありうるだろう。

第一機動部隊が被害を受ければ、ハワイ沖の戦力バランスは一気に崩れる。それは、今後の戦いに大きな影響を与えることになる。

片桐は最悪の事態を頭に描きつつ、菊池に声をかける。応じる参謀長の声も低くなっていた。

4

九月二三日　ハワイ東方三三〇カイリ

闇を切り裂くようにして、爆発が起きた。

火球が広がり、船体を包みこむ。

後部マストが衝撃で大きく傾き、三番主砲が奇妙な角度にねじれる。

船体が傾き、艦尾上甲板は水につかる。

動きは完全に止まっていた。

「マヒナに直撃、航行不能！」

兵が声を張りあげる。悲痛な響きに、ジョー・ハウマニエ中佐は顔をゆがめた。

「またか。これで二隻目だぞ」

駆逐艦が雷撃を受けた。先刻の炎陽《えんよう》についで二隻目である。

命中したのは艦尾付近で、一撃で急所を射抜かれている。航行はむずかしいだろう。

ハウマニエが見つめる中、傷ついた船体はさらに傾いた。炎は大きくなる一方で、後部マストから煙突のあたりまで広がる。

発電機がやられたとしたら、ポンプも作動しない。手作業であれほどの炎を消し止めるのは無理だ。

マヒナの艦長は、ハウマニエの友人であるケント・タカハシだ。手に負えないとなれば、早々に総員上甲板を命じるだろうが、それでも間に合うかどうか……。

ハウマニエが唇を噛んだ時、再び兵の声があがる。

「あっ！」

大きな爆発が起き、マヒナの三番砲塔が舞いあがった。

巨大な鉄の塊は、ラグビーのボールのように回転しながら海に落ちる。

船体が完全に炎に覆われた時、さらに大きな爆発が起きて、マヒナの船体は中央から裂けた。真っ二つになって海に沈んでいく。

乗員が脱出した様子はない。周囲には、暗い海面だけが広がっている。

「敵《かたき》は取るぞ！」

ハウマニエは艦橋で声を張りあげた。

「アメリカ潜水艦を捜せ。絶対に逃がすな」

水兵は窓から身を乗り出すようにして、暗い海面を見つめる。

皮肉なことに、マヒナをつつむ炎がまだ残っていたので、視界は抜群によかった。肉眼で右舷を進む味方艦艇を確認できる。

ハウマニエも周囲の警戒をつづける。いつ攻撃を受けるかわからない。

彼は駆逐艦ヘペルアリの艦長として、ハワイ東方沖海域を東に航走していた。

第一機動部隊は敵艦隊後退の知らせを受けて、第二戦速で東方に向かっている。

アメリカ艦隊は傷ついており、早々にハワイ沖から後退する。その前に捕捉して攻撃をおこない、戦果を拡大する。それが司令長官であるマウマウナの意志だった。

ハウマニエも同じ気持ちだった。彼はハワイ島生まれのハワイ島育ちであり、生粋のハワイ人だった。両親もハワイの先住民だったし、学校もハワイ島の高校を卒業している。

そのまま王立海軍士官学校に入学し、ハワイ海軍の士官として順調に昇進してきた。途中三年間、日本に留学したが、それ以外ではハワイから離れることなく、周辺海域の防衛にあたっている。

祖国を守ることこそ、自分の仕事と信じて疑っていない。それだけに奇襲の衝撃は大きかった。

米海軍がハワイ沖で演習しており、警戒していたにもかかわらず攻撃を受けてしまったのである。ホノルル空襲の知らせを受けた時には、血管が煮えたぎりそうだった。

これまでのところ、第一機動部隊はハワイ周辺の警戒にあたっており、攻撃に参加することはなかった。あくまでオアフ、ハワイの防衛を優先したのである。

アメリカ艦隊後退の知らせが入ったのは、ハワイ諸島への攻撃はないと判断され、ようやく前進して態勢を整えたところだった。追撃は当然であった。

しかし、〇二三一、ハワイ東方海域で思わぬ攻撃を受けた。

潜水艦の雷撃だ。

さながら待っていたかのように攻撃をかけ、すでに二隻の駆逐艦を屠《ほふ》っている。主力空母アカラにも被害が出ているらしい。

ヘペルアリの将兵は激しく動揺した。アメリカ艦隊は後退しているはずであり、こんなところで攻撃を受けることは考えられなかった。

「まさか……罠か」

ハウマニエはつぶやいた。

艦隊の後退は、我々を引きつけるための餌だったのか。敵の意図に気づかず、まんまと策略に引っかかってしまったのか。

ならば攻撃はつづき、被害はさらに拡大することもありえる。

「警戒を厳にしろ。雷撃、いつ来るかわからんぞ！」

ハウマニエの怒声に交錯するような形で、水兵が声を張りあげた。

「雷跡、右舷！」

声の方角に顔を向けると、炎に照らされた海に航跡が見てとれた。右舷後方の巡洋艦に向かっている。

恐ろしいほどねらいは正確だ。

「逃げろ！　やられるぞ！」

ハウマニエの絶叫は、犬の遠吠えでしかなかった。一〇秒後、巡洋艦の船腹で爆発が起きた。船体が震え、炎が広がっていく。

爆発の光が再び戦場を照らす。

「このままでは、いいようにやられてしまう」

なんとか、なんとか反撃する機会はないものか。

ハウマニエは、巡洋艦支援を命じようとして口を開く。だが、その思いを打ち砕くようにして、非情な報告が艦橋を揺らす。

「魚雷、来ます！　左舷！　本艦です！」

ハウマニエは虚を衝かれて、的確な命令が下せなかった。結果として、それが致命的な事態を引き起こすことになる。

5

九月二三日　ハワイ東方三三〇カイリ

駆逐艦が炎上する姿を見て、巡洋艦カミミ艦長、木村昌福《きむらまさとみ》大佐は小さくうなった。

また味方の艦艇がやられてしまった。これで四隻目である。ここまで短期間で雷撃を受けることになるとは想像すらできなかった。

船は完全に動きを止めていた。炎は風にあおられて舞いあがり、後部マストのみならず煙突まで焼いている。

幸い船体の傾きは最小限で、弾薬が誘爆する気配もない。うまくやれば沈没だけは避けられるかもしれない。

あとは、どうやって回復までの時間を稼ぐかであるが……。

「待っていろよ。米潜水艦は俺たちが沈めるからな」

木村が指示を下すと、カミミは炎に彩られた戦闘海域から距離を取った。

目につく海域にとどまっていては、一方的に雷撃を受けるだけだ。多少の不利があっても、夜の闇に身を置いたほうがいい。

カミミは、ハワイ王国艦隊に配備されたばかりの最新防空巡洋艦だ。六五〇〇トンの船体に、長砲身の一四センチ両用砲を四基も装備し、高速で飛来する航空機を撃退する。射撃指揮装置は最新式で、新型戦闘機の速度にも十分対応できる。

三〇ミリ、四〇ミリ機銃も強力であり、空母に貼りついて厚い弾幕を張る。

その一方で、対潜装備は二基の爆雷投下機のみで、佐渡《さど》型の対潜巡洋艦に比べれば装備は貧弱である。基本的には空母直掩のために生み出された巡洋艦であり、潜水艦ハンターとしての能力はかなり劣る。

それでも木村は、潜水艦相手に戦うことができると信じていた。

カミミには最新式の九九式水中聴音機が装備されており、潜水艦捕捉の能力は高い。耳のよい聴音員であれば、深度五〇メートルを航行する敵艦を捕捉できる。

乗員にはハワイ海軍出身者が多く、潜水艦攻撃に備えて訓練を重ねている。帝国海軍よりも潜水艦に対する知識はあり、士気も旺盛だ。

艦と乗員の能力を最大限に生かせば、アメリカ潜水艦を捕捉、撃破できるはずだった。

木村は気合を入れて、英語で命令を伝えた。

「このあたりに、敵潜水艦は航行しているはずだ。絶対に逃がすなよ」

「敵潜水艦、逃がしません」

日本語での復唱に木村は苦笑いした。

カミミはハワイ王国海軍の艦艇であり、本来ならばハワイ海軍の士官が指揮を執るはずだった。木村はあくまで代理であり、改装工事が成功したことを確認すれば早々に退艦する予定だった。

しかし、ハワイ沖でアメリカ軍の演習がはじまったため、カミミはそのまま警戒行動に入り、木村は退艦の機会を失った。結局、そのまま開戦の日を迎えることとなる。

思わぬ展開であったが、戦争となれば文句は言えない。マウマウナの許可を得て、木村はカミミの指揮を執りつづけた。

「さて、アメリカ軍はどれほどの潜水艦を出してきているのか」

第一機動部隊は敵の罠にはまって、大きな被害を出した。敵潜水艦が待ち伏せする海域に自ら突入する形になり、四方から雷撃を浴びたのである。

これは一昨日、味方が使った戦法だった。日布艦隊はハワイ東方に衛型潜水艦を展開し、面での迎撃作戦で、米水雷戦隊を撃破した。それと同じやり方で第一機動部隊は攻撃を受け、艦艇と乗員が被害を受けた。

正直、木村も驚いた。米艦隊の後退になんらかの意図があるだろうとは思っていたが、まさか潜水艦による雷撃とは考えていなかった。

日布艦隊司令部は、米潜水艦は日本・ハワイ間に展開し、通商破壊作戦を展開すると判断していた。艦艇攻撃は水上艦でおこない、潜水艦でハワイの補給を断つという両面作戦である。

それが最も効果的であると思われていたし、ハワイ情報部が手に入れたアメリカ海軍の作戦計画書もその旨を記していた。

海戦への投入は予想外もいいところだ。

まだ確認できていないが、おそらく米軍は一〇隻前後の潜水艦を投入している。その数をこの限定された海域に投入するとは、たいしたものだ。米海軍の司令官は先を読む能力に長《た》けている。

「せめて一隻、沈めればな。それで流れは変わる」

木村は暗い海面を見つめた。

彼が指揮を執っているのは、カミミの羅針艦橋である。炎上する艦艇から離れたこともあり、周囲は再び闇が支配している。

できることなら、早いうちに聴音機で敵を捕捉したい。一隻でも仕留めれば、味方に勢いがつく。動揺から立ち直り、普段と同じ手順で反撃に転じることができるだろう。

米軍の包囲網にも穴があき、陣形の再編につながる可能性もある。

自らの技量が通用すると、明快な形で示さねばならない。この時この場で。

木村が新しい命令を下そうとした瞬間、艦橋のスピーカーに若い兵の声が響いた。

「敵潜水艦発見。方位右一〇。距離五〇。深度二〇メートル！」

報告を受けて、艦橋の空気が変わった。重苦しい雰囲気は消え去り、強い攻撃の意志が現れる。将兵の表情から絶望感が消える。

木村は伝声管に口を寄せた。

「爆雷投下準備。面舵五。速度、このまま」

おそらく敵はこちらを捕捉していないだろう。ならば、その隙を突いて攻撃をかける。

木村は爆雷投下の瞬間に備えて、身体に力を入れる。しかし、最後の瞬間に響いた新しい報告が、彼の意志を大きく変えた。

「魚雷接近、左二〇。距離〇五！」

左前方からの雷撃。別の潜水艦からの攻撃だ。ねらったつもりがねらわれていたか。

まずい。

「取舵いっぱい！　かわせ！」

五〇〇メートルとなれば、目の前である。雷速を考えれば、回避行動を取ったとしても間に合うとは思えない。

木村は腹をくくって、迫り来る衝撃に備えた。

それは、彼の予想よりも早く訪れた。

6

九月二三日　ハワイ東北東三七〇カイリ

速水孝一朗中尉は操縦桿を操作し、降下するブリュースターの後方に回り込む。

敵は眼前の艦攻しか見ておらず、彼の接近には気づいていない。

ようやく反応したのは、機体がつかみ取れそうなぐらい接近した時だ。垂直尾翼が右に動き、機体が傾く。

旋回に入ろうとしているが遅すぎる。

速水はためらうことなく発射ボタンを押した。一二・七ミリ機銃がうなり、銃弾がブリュースターをつらぬく。

翼を撃ち抜かれて、敵機は大きく傾いた。

急激な機動で水平尾翼が吹き飛んだ時、敵の運命は決まった。すさまじい勢いできりもみしながら、太平洋に向かっていく。

パイロットが脱出した気配はない。

速水はかすかな痛みを感じながら、軽く操縦桿を引いた。そのまま右下方を見つめる。

敵艦隊上空での戦いは膠着《こうちゃく》状態に陥っていた。突っ込む味方の機体に対して、ブリュースターが防戦にあたっている。九八式も奮戦しているが、なかなか結果は出せない。

数で上回っていることもあり、米軍はきっちり味方の攻勢を跳ね返し、艦艇を守っている。

（どこかに突破口はないか）

いつまでも、このままではいられない。できるだけ早く敵空母に打撃を与えたい。

速水の第二機動部隊は急遽、東進し、攻撃隊を繰り出して空母部隊に仕掛けていた。予定外の行動である。

本来、第二機動部隊はハワイ東方二五〇カイリあまりにとどまり、米艦隊の動向を見守るはずだった。敵の後退は罠と判断しており、うかつな前進は危険という判断である。

速水も同感で、部下にもその旨を伝えていた。

しかし、第一機動部隊の突貫がすべてを変えた。功を焦《あせ》ったのか、ハワイ王国海軍の主力部隊は米軍に引き出されるようにして前進、まんまと策にはまった。

潜水艦攻撃で防空巡洋艦のカミミが航行不能となり、駆逐艦二隻も沈没した。軽空母も雷撃で離着艦不能に陥っているらしい。

　第一機動部隊は致命的な一撃を受けた。このままでは艦隊が崩壊する可能性もある。

　状況を知って、派遣艦隊司令部は直率の第一打撃艦隊を前進させる一方、第二機動部隊に米空母攻撃を命じた。

　ここで第一機動部隊が空襲を受けたら、空母や傷ついた駆逐艦が沈められ、多くの乗員を失うことになる。それは回復力の乏しいハワイ海軍にとっては致命的な被害になるだろう。なんとしても彼らを守らねばならなかった。

　第二機動部隊は出せるかぎりのスピードで東進、一〇〇〇から艦載機を繰りだした。

　幸い敵艦捕捉には成功したが、準備不足ということもあり、攻撃はうまくいかなかった。黒鷹が損傷していることもあり、機体をそろえることができず、攻撃は散発的になった。


　性能で劣るブリュースターを突破できないのも、九八式艦戦の数が決定的に足りなかったからだ。なんとか隙を見いだしたいところだが、はたしてどうなのか。

　速水は右に旋回しながら、敵味方が入り乱れる空域を見つめる。視界の中央をつらぬくようにして、九八式が降下していく。

　中山の機体だ。矢のように敵機に向かう。

　あれほど、ためらうことなく突っ込む操縦員はそうそういない。

　中山は最後に機体を引き起こすと、ブリュースターの後方に回り込む。

　しかし、警戒していたのか、敵は中山の動きに気づいていた。右に横転降下に入る。

　中山は後方に回り込み、機銃を放つ。

　残念ながら外れだ。次の攻撃も命中しない。

　ブリュースターは機体の重さを生かして、低空に逃げている。

中山は一瞬だけ機首を下げたが、すぐに切り返して上昇に入った。戦闘空域の縁をかすめるように上昇する。

その行き先には、敵に追われる九八式がいる。援護に守るつもりのようだ。

一度、仕掛けて失敗したら、さっと高度を取り、すぐに味方の支援に入った。その動きに無駄はない。

一昨日、叱られて反省しているらしい。

速水は、落ち込んだ中山の表情を思い浮かべた。

二一日の空戦で、彼は深追いして危うく撃墜されかけた。速水の救援がなければ、九八式とともに太平洋に消えていただろう。

空母に戻ると速水は中山を叱りつけた。わざと他の搭乗員がいる前で怒鳴り、反省を強いた。味方に迷惑をかけるから、もう乗せないとまで言った。

さすがに堪《こた》えたらしく、その日の中山は待機室に戻っても無言だった。

翌日、速水はあえて搭乗員割りに中山を入れた。前日の反省を生かしてくれると考えてのことだ。

出撃直前、中山は速水に駆けより、ありがとうございましたと言った。それだけで思いは通じていると確信した。

(あれぐらいのことはできる奴だ)

速水は中山の技量を信頼していた。洋龍に配属されてからずっと行動を共にしているが、機体を操る能力はずば抜けており、戦闘機隊でも屈指と考えていた。判断力もきわめて高い。

ただ、目の前のことに注意を向けるあまり、周囲の警戒がおろそかになる。視野が狭く、目先の結果だけを追ってしまう。

集中力が高いのはいいが、戦闘空域全体に注意を向けるようにならないと、いずれは撃墜されてしまう。味方に迷惑をかけることもある。

中山はさらなる成長を期待していたし、それができるとも確信していた。

「無駄死にはするなよ」

速水は思わずつぶやいていた。

眼下では、九八式艦戦とブリュースターの激戦がつづいている。

そのうちの三機は彼の部下である。

中山、トキザネ、溝口。その全員に生き延びてほしい。無駄死にだけはやめてほしいと本気で思う。

速水は、横須賀の実験航空隊から追われるようにしてハワイ派遣艦隊に転属となった。つまらない派閥争いの結果であり、文句を言う気にもなれなかった。

洋龍に配属され、戦闘隊の小隊長となった速水は久しぶりに部下を持った。

三人とも個性が豊かで、見ていて楽しかった。なにより全員、飛ぶことが好きで、少しでも操縦の技量をあげようとしていた。

彼らと過ごした時間は濃密であり、よき思い出として心に刻み込まれている。

それだけに、戦死するところは見たくない。どんな形でもいいから帰ってきてほしいと思う。たとえ自分が盾になってでも、三人は母艦に戻したい。

もしかしたら、自分は今、つきあっている女性より深い思いで三人を見ているのかもしれない。思い入れが強すぎるのかもしれないが、今さら否定する気にはなれない。

速水は周囲の状況を確認すると、高度を落とした。溝口機の後方を守りつつ、戦闘空域に突入する。

攻撃隊は、まだ敵空母に仕掛けている。速水の任務はまだ終わっていなかった。

7

九月二三日　ハワイ東南東三四〇カイリ

「いたぞ。日本の戦艦だ。ついに出てきやがった！」

グレゴリー・トンプソン中尉は、下方の艦隊をにらみつけた。

陣形は輪形陣で、三隻の大型艦を中心にして、同心円状に小型艦が配置されている。

かなり強い風が吹いているのに、航跡が消えることはない。きれいに並んだまま、右にしなっている。

砲煙が艦隊上空に広がる。なかなか対応は早い。

しかし、発見したからには逃さない。

ようやくつかんだ攻撃の機会である。ここは本気で仕掛けていく。

「行くぞ、マイク。しっかりつかまっていろ！」

「おう。うまくやってくれよ」

後席のマイク・ハミルトン中尉が応じる。

ライト・サイクロン・エンジンがうなりをあげ、機体の速度があがる。

「艦爆隊が行くぞ！」

ハミルトンの声にマイクが顔を向けると、降下していく艦爆が見えた。

新型のＳＢＤドーントレスだ。エンタープライズに配備されたばかりの新型で、一〇〇〇ポンド爆弾を搭載して、時速五〇〇キロの高速で急降下爆撃ができる。

ドーントレスは自ら砲弾と化したかのように降下していくと、爆弾を投下した。

戦艦の左舷で水柱があがる。それは前檣楼よりも高くあがり、灰色の船体を濡らす。

「外れたか」

「至近弾かもしれん。多少の浸水は期待できるぞ」

「しかし、相手は戦艦だ。あの程度ではびくともしまい」

　トンプソンは顔をしかめる。

　視界の先で、大型艦は悠々と航行している。やはり直撃でなければ無理だ。

「突入する。舌を噛むなよ」

　トンプソンは大きく右に旋回すると、艦隊の右翼につけた。そのまま高度を一〇〇〇メートルまで落として突撃する。

　砲弾が目の前で爆発し、黒い幕を作り出す。日本艦隊も警戒しており、簡単に接近させてはくれない。それでもあきらめる気にはなれない。

　空母部隊の搭乗員はフル稼働中だ。オアフに奇襲をかけ、真珠湾を焼き払い、飛行場を使用不能にした。その後は日本・ハワイ艦隊の空母部隊を牽制しつつ、ハワイ再攻撃の機会をねらっていた。

　戦艦中心の第一五任務部隊《TF15》や第一八任務部隊《TF18》に比べて、戦闘時間は長く、実質的に艦隊の中枢を担っている。

　そうまでしてトンプソンとその戦友が戦ってきたのは、空母部隊の評価を高めたいという思いがあってのことだ。

　アメリカ海軍は、戦艦を中心とした砲戦主義が主流であり、航空隊は傍流扱いだった。艦艇の整備は戦艦を中心におこなわれ、航空母艦はほとんど建造されていない。

　開戦時に実戦投入可能な空母は、太平洋と大西洋をあわせても四隻しかなく、戦艦の一二隻に比べるとかなり劣っていた。

　当然、空母搭乗員の扱いは悪くなる。物資や食糧の補給は後回しになり、機体の整備もままならない。乗員には馬鹿にされ、ひどく心苦しい思いをしてきた。

いつか見返してやりたい。敵の艦船を仕留めて、空母部隊の実力を見せつけたいと考えていた。

海軍軍縮条約の破綻から生じた極端な戦艦中心主義を打破しなければならない。

今がその時である。

皮肉なことに、日本軍の攻撃で巡洋艦のオンタリオが沈没した。敵が航空機の能力を実証してくれたと言える。

今度は自分たちの番だ。敵艦を仕留めて思い知らせてやる。

トンプソンは機体を揺らして艦隊に向かう。

砲弾は厚みを増し、曳光弾が周囲をつつむ。まさに弾雨であり、いつ命中してもおかしくない。

「グレゴリー、高度を落とせ！」

「わかっている！」

トンプソンは操縦桿を押す。

デヴァステイターは海面に貼りつくようにして飛行する。

砲弾が海面を叩いて爆発する。

敵艦隊は目の前だ。

戦艦は巨体を彼らにさらけ出している。どこに魚雷を放っても命中しそうだ。

エンタープライズ隊の実力を、ここで見せる。

空母艦載機はただの飾りではなく、戦艦すら仕留めることができる。きちんと対応しなければ、戦艦でも巡洋艦でも犠牲になる。その事実を味方の乗員に教えてやる。

戦艦がさながら壁のように立ちはだかった時、トンプソンは魚雷を投下した。

すぐさま操縦桿を引いて戦艦の上を突破する。

手応えはある。あそこまで接近して外すわけがない。

「やった。やったぞ！　直撃だ。右舷で爆発が起きているのが見える」

ハミルトンが叫ぶ。彼の目には、直撃を受けて炎上する船体が見えているに違いない。

「ざまを見たか。のこのこ出てくるから、こういうことになる」

トンプソンは旋回して、戦艦の状態を肉眼で確かめようとした。しかし、腕に力を入れた時、機体が揺れて、高度が一気に落ちた。

「しまった。やられた！」

機銃に翼を射抜かれた。穴があいて、機体が傾く。懸命にトンプソンは操縦桿を固定し、高度を保つ。

「こんなところでやられるかよ！」

生きて母艦に帰る。戦艦雷撃の事実を味方に報告してこそ、彼の願いは成就する。

デヴァステイターは、よろめきながら戦闘海域を離脱する。その高度は確実に落ちていった。

8

九月二三日　戦艦カンザス作戦室

「やりました。敵戦艦に雷撃。かなりの被害を与えたようです」

パウナール作戦参謀の発言に、作戦室の空気は一気に変わった。たちまち雰囲気が明るくなる。

参謀長のアンダーソン少将は笑みを浮かべていたし、情報参謀のユーリ・スミス中佐も何度となくうなずいていた。若手の士官は同僚と握手し、その肩を叩いている。

さながら勝ったかのような喜びようで、静かに海図を見ているのはリチャードソンだけだった。

「やりましたね、長官。敵はまんまと策にかかりました」

アンダーソンは海図の一点をさし示した。

「ハワイ沖の空母部隊が突出すると、他の艦隊も前進をはじめました。後方待機中だった戦艦部隊も積極策に転じたのです。おかげで、我々は効果的な反撃を加えることができました」

日本・ハワイ艦隊は、彼らの策に乗って前進してきた。それには最も北にいた小艦隊だけでなく、空母部隊や主力の戦艦部隊も含まれていた。

予想を超える反応を受けて、即座に太平洋艦隊は反撃に転じた。

潜水艦は夜中から朝にかけて断続的に攻撃を敢行、空母や巡洋艦に大打撃を与えた。

その後を継ぐように展開した航空部隊も、とうとう日本の戦艦部隊を発見、空襲を仕掛けた。雷撃が成功したのは幸運であろう。

空母部隊にもダメージを与えており、太平洋艦隊は初日以来の戦果をあげたと言える。

「最初に前進してきた空母部隊。これがすべてを決めたな」

アンダーソンはハワイの東北東を指で示した。

「この艦隊が潜水艦攻撃を受けたことにより、他の艦隊がフォローのために前進せざるをえなくなった。おかげで全体のバランスが崩れて、大きな隙ができた。そこを我らがついたわけだ」

当初、司令部の計画は日本・ハワイ艦隊に警戒されており、予想どおりの展開にはならなかった。敵の動きは鈍く、積極策に転じなかったのである。

しかし、一部の艦隊が暴走したところから、すべてが変わった。夜が明ける頃には、連携が乱れて空襲への対応が困難となった。

攻勢に転じたタイミングがよかったこともあり、今のところ、味方が有利に戦いを進めている。しかしこの先は……。

「長官、予定どおりハワイ再攻撃を敢行しましょう。今ならばできます」

アンダーソンの熱い言葉に、リチャードソンは応じなかった。無言で海図を見る。

その姿を見て、アンダーソンやパウナールは異変を悟ったようだ。表情が変わる。

「どうなさったのですか、長官」

「情勢を再確認していた」

リチャードソンは海図の上で指を滑らせた。それが自らの艦隊で止まったところで、ゆっくり顔をあげる。

「やはり駄目だな」

「どういうことですか」

「いや、士気があがっているところを申し訳なく思うが、ハワイ再攻撃は中止だ。今後の作戦は第二プランに移行する」

「そ、それはどういうことですか。我々は押しているのに」

パウナールは詰めよってきた。冷静な彼にしては、言葉が乱暴になっている。

アンダーソンも驚いて、リチャードソンを見ていた。意外な反応だと思っているのかもしれない。

リチャードソンは交互に二人を見てから、ゆっくりと口を開いた。

「確かに、我々は今のところ勝っている。しかし、それは現時点の戦況を分析した結果でしかない。もう少し先を考えると、戦況はおそらく逆転するだろう」

「なぜですか」

「攻撃に成功したのは我々だけではない。日本・ハワイ艦隊も我が艦隊にダメージを与えている」

アメリカ艦隊の積極攻勢にあわせたかのように、日本・ハワイ艦隊も攻撃に転じ、TF16、TF18に空襲をおこなっていた。

TF16に対する攻撃では、エンタープライズが雷撃を受け、護衛にあたっていた駆逐艦にも被害が出た。

ＴＦ18では、戦艦のアリゾナとバッファロー級の巡洋艦バッファローが爆撃を受けて、中破している。小破した艦艇も二隻で、攻撃力は低下する一方だ。

無傷なのは、リチャードソンが直率するＴＦ15だけで、残りの二つの任務部隊は深い傷を負っている。

「このまま強引にハワイに接近すれば、それなりに打撃を与えることはできよう。その一方で、味方も深刻なダメージを受ける。おそらく次の作戦が実施できないほどのな。それはあまりにも危険すぎる」

「それは、あまりにも消極的ではありませんか。ＴＦ15は無傷ですし、ＴＦ16、ＴＦ18も戦えないほどではありません」

アンダーソンはリチャードソンを見た。熱血漢らしい意見であり、好ましい発想だ。

リチャードソンは静かに応じる。

「そう思う。強い意志を持って前進すれば、ハワイへの一撃は可能だろう。だが当然、犠牲も大きくなる。それだけの犠牲を払ってまで、獲得すべき戦果なのかと言われれば、ノーだ。

ハワイ作戦は、これで終わりではない。二度、三度とつづく」

雷神の槌作戦《オペレーション・トールハンマー》ははじまったばかりであり、今後も継続的な攻勢が予定されている。

「その時に艦艇がそろえられなくては意味がない。我々が艦隊の再編成に時間をかければ、それだけハワイは防備を固めてしまう。敵が態勢を整える前に仕掛ける。それだけの余力を我々は持たねばならん」

「しかし……」

「先々のことを考えると、相当にきわどい。さらに気になる情報も入ってきているしな」

アンダーソンは小さく息を呑んだ。視線がスミス情報参謀に向く。

リチャードソンは静かに語りかける。

「日本艦隊の動向、どうなっている？」

「続報はありません。潜水艦からの報告も途絶えたままです」

二三日の〇五三〇、ミッドウェー島南方を哨戒中だった潜水艦ガンネルが、一大艦隊の存在を報告してきた。巨大戦艦を中心とする部隊で、東に進路を取っているということだった。

情報が正しければ、なんらかの艦隊がハワイに向かって接近中ということになる。

おそらく日本海軍の増援艦隊だろう。

報告があったのは一回だけだが、リチャードソンは軽視していなかった。

増援が来たら、さすがに現在の戦力では厳しい。挟撃を受ければ、致命的な被害を受けることもありうる。余力があるのならばともかく、すでに打撃を受けて苦しい状況で無謀な戦いをつづけるのは愚かであろう。

リチャードソンは自らのスタッフを見回した。

「作戦は第二段階に切り替える。我々は敵艦隊を削り落とし、今後の戦いにつなげる」

アンダーソンは復唱したが、その口調から先刻までの熱意を失われていた。士気が低下しているのがはっきりとわかる。

そこでリチャードソンは、わざと笑みを浮かべた。

「安心しろ。ハワイ攻撃をあきらめたからと言って、攻撃に手を抜くわけではない。ハワイ攻撃があると思わせなければ、敵も乗ってこないからな。いい機会だ。我々の最新戦術を敵に見せてやろう」

アンダーソンは目を見開いた。

「まさか。長官、あれを……」

「そうだ。この時のために準備してきた作戦を実施してやる」

リチャードソンは重々しい口調であった。

「我々の新作戦、戦艦夜戦だ」

9

九月二三日　ハワイ東方二五〇カイリ

「敵一番艦、左転進！　速度は変わらず！」

報告が艦橋天井のスピーカーから響く。淡々とした口調で聞き取りやすい。

まだ乗員は冷静だった。艦橋の将兵も動揺することなく、自分の任務をこなしている。

TF18司令長官、ウィリアム・パイ中将は常夜灯に照らされた艦橋で指示を下した。

「目標そのまま。距離を詰めてきたところを確実に仕留めろ」

砲火がきらめき、衝撃波が窓ガラスを叩く。

三秒後、右舷海面が白く輝く。

マグネシウムの光だ。砲弾が着弾し、海面で爆発したのだ。

光に照らされて、敵艦がかすかに浮かびあがる。

距離は五〇〇〇メートルといったところか。先刻よりも詰まっているようだ。

それだけ危険は高まったと言えるが、それは相手も同じだろう。直撃があれば、ただではすまない。

「ひるむなよ。夜間戦闘では、我々が有利だ」

パイの言葉に、艦長のウィリアム・W・ブンクリー大佐が反応した。まかせてくださいと言いたいような笑みを浮かべる。

さすがによくわかっている。これまで何度となく演習を重ねた結果だろう。

むしろ、慣れていないパイが余計なことを言っているのかもしれない。

今はまかせるべきだろう。すでに作戦ははじまっているのだから。

パイが指揮するＴＦ18は艦隊司令部の命令を受け、ハワイ東方沖を西進、日が暮れたのを待って夜戦に突入していた。

先陣を切ったのは戦艦ノースダコタ、ついでアリゾナ、ペンシルヴァニア、オクラホマである。その後方には、バッファロー級の巡洋艦がつづく。

戦艦はカリフォルニア級で、四〇センチ砲を六門装備している。副砲は一五センチ単装砲であり、これだけでも日本の巡洋艦をしのぐ。

しかもすべての戦艦が対水上、射撃管制レーダーを装備し、夜間の戦闘能力は飛躍的にあがっていた。

四隻は、いわゆる夜戦用の戦艦だった。

かつてアメリカ海軍は、戦艦の建造を積極的に押しすすめた。海軍軍縮条約が実質的に破綻したためであり、日本艦隊を押さえ込むには、圧倒的な数の戦艦が必要と考えたからである。

カリフォルニア級はわずか五年で九隻が竣工し、そのうちの六隻が太平洋に配備されて日本海軍と対峙した。

カリフォルニア級の性能は上々で、太平洋における抑止効果をもたらしたが、あまりにも短期間に多数の船を作りすぎたため、予算の使いすぎで議会から譴責《けんせき》を受けてしまった。

数が一挙に増えすぎて、今度は維持に莫大な費用を費やすことが判明したのである。

日本海軍の建艦ペースが落ちたことも、議会の疑念を買った。予算を獲得するために過剰に日本やハワイの脅威を唱えたのではないかと責めたてられ、海軍長官がつるし上げを受けることもあった。

結局、一九三〇年代に入って戦艦の建造ペースは落ち、次のカンザス級が竣工するまで、やや間隔があくことになる。

情勢の変化を受けて、ようやく新型のカンザス級、モンタナ級が建造されると、カリフォルニア級は主力の座から滑り落ちた。竣工から一五年が経ち、性能的に日本海軍の新型戦艦に対抗できなくなったことが問題視されたのである。

正直、アメリカ海軍は、大量に建造されたカリフォルニア級をもてあましていた。処分するには費用がかかりすぎ、また安易に戦艦を廃棄するのはどうかという意見も海軍内部に根強くあった。議会や政府も国際環境の悪化を踏まえて、処分には難色を示した。

長い議論の末、海軍上層部はカリフォルニア級を夜戦仕様に改装することを決定した。日本海軍が夜戦を得意としていると知って、あえて夜戦に戦艦をぶつけ、その動きを封じようとしたのである。

夜戦用改装を受けたのは四隻で、当時は珍しかったレーダーや夜間用測距儀を装備し、射撃指揮所の改装や通信施設の拡張がおこなわれた。前檣楼は実質的に作り直しとなり、発電機も大幅に増強された。

徹底した改造により、カリフォルニア級の四隻は夜戦戦艦として生まれ変わり、太平洋方面に配備されることになった。旧式戦艦を空母に改造した日本海軍とは異なる措置をとったと言える。

今回のハワイ攻略作戦で、四隻の夜戦戦艦は深夜、オアフ沿岸に接近、その夜間戦闘システムを生かしてホノルルの街を攻撃する予定だった。

実際、二〇日の夜には接近したのであるが、先行した水雷戦隊が潜水艦攻撃で撃破されたため、一時後退していた。

このまま撤退すると思われていたところに、敵艦隊への攻撃が命じられたのである。願ってもない展開であり、パイはＴＦ18に全力攻撃を命じていた。

すでに四隻の戦艦は、日本・ハワイ艦隊を圧倒している。日本艦隊は巡洋艦が主力であり、火力では決定的な差があった。

「このまま押しきるぞ」

パイにとって今の敵は前座に過ぎない。

本当の目標は敵の戦艦部隊であり、それは巡洋艦艦隊の後方に控えているはずだった。ここで敵の主力戦艦を撃破できれば、戦況は大きく変わるだろう。

戦果を拡大するためにも、早々に巡洋艦部隊は叩きつぶしたい。

パイが視線を移すと、右前方で光が輝くのが見えた。わずかに船体が揺れ、水しぶきが窓を叩く。

敵の砲弾だ。

撃ってきたのは敵の巡洋艦であろう。先刻から執拗《しつよう》に砲撃をつづけている。

心意気は買うが、戦艦相手に正面から戦うのは無謀もいいところだ。直撃したら、すべてが終わる。

再び主砲がうなり、船体が震える。

右舷前方で、これまでとは異なる爆発が起きる。光に混じって朱色の輝きが広がり、黒い船体が浮かびあがる。

直撃だ。四〇センチ砲が敵巡洋艦をつらぬいたのである。

「敵一番艦に命中！　後部マスト付近に火災。速度、低下中！」

冷静な報告に、パイはうなずく。

現時点でレーダーの性能は低く、目標の捕捉は簡単ではない。解像度も低く、時として相手を見失ったりする。

苦しい状況の中で、よくやってくれた。それだけ乗員が夜戦に習熟していたということだ。ハワイ沖での演習は無駄ではなかったわけだ。

巡洋艦はなおも燃えている。船足は鈍り、先刻からの砲撃も止まってしまった。

とどめを刺す必要はないだろう。四〇センチ砲弾の直撃ならば、巡洋艦には致命傷であり、いずれは沈む。少なくとも彼らの脅威になることはない。

「よし、砲撃を敵二番艦に切り替え。一気に敵艦隊の頭を押さえるぞ」

一番艦の大破で敵艦隊は動揺しているはずだ。その隙に進路をふさぎ、三基の連装砲塔をすべて使って敵艦を仕留める。レーダーと新型の射撃管制システムがあればできるはずだ。

パイは暗闇に隠れた敵に視線を向ける。

頭上で照明弾が輝く。夜戦用に開発された新型である。

不気味なほどに白い輝きは、ハワイ東方沖の海面に確実に照らした。

10

九月二三日　ハワイ東方二五〇カイリ

「ひるむな。撃て、撃て！」

但馬仁《たじまひとし》大佐が腕を振ると、二基の連装砲塔がいっせいに火を噴いた。

閃光が闇夜を切り裂く。

視線の先で、小さな爆発が起きる。

敵艦を砲弾が捉えた。確実に命中している。

「どうだ！」

「駄目です。主砲弾、直撃すれども、損傷軽微！　敵戦艦の前進、止まらず」

見張りの兵が悲痛な声をあげる。

何度となく繰り返された光景であり、そのたびに自分たちが無力であることを思い知る。心が痛むのも当然だ。

但馬は吐き捨てた。

「化物め！」

彼の視線は左舷に向いている。

四〇〇〇メートルと離れていない海域に、カリフォルニア級の戦艦が航行していた。直撃によって艦尾に小さな火災が生じており、それで位置をつかむことができる。

但馬が顔をしかめる間にも主砲がうなる。

汎用巡洋艦の国見は、一時間ほど前からアメリカ艦隊との夜戦に突入していた。警戒にあたっていたところに、積極的に敵が仕掛けてきたのである。

夜戦をするのであれば、自分たちが先だと思っていただけに意外な展開だった。

アメリカ艦隊は距離を詰めると、驚くほどの正確さで砲弾を浴びせかけてきた。とりわけ四隻の戦艦は強力で、反撃にあたった味方の艦艇を次々と仕留めている。

現段階で、汎用巡洋艦の多良が機関部を撃ち抜かれて航行不能、水雷駆逐艦の残炎《ざんえん》も直撃を受けて轟沈している。

四隻の戦艦は、彼らの抵抗をまったく気にしていない。凪《なぎ》の海にいるかのように、我が物顔で航行している。

傍若無人なふるまいには、さすがに腹がたつ。

なんとか食い止めようとして、但馬はカリフォルニア級との距離を詰め、主砲で攻撃している。

先刻から五、六発は叩き込んだが、今のところ戦艦の動きに変化はない。一四センチ砲では、戦艦の側面装甲は撃ち抜けない。月のない夜では、弱点をねらうことも困難である。

このままでは前衛部隊は文字どおり壊滅する。

「なんとか奴の動きを止められないものか！」

首を振る但馬に、若い士官が歩み寄ってきた。常夜灯に照らされた顔はこわばっている。

「艦長、やはり雷撃を敢行しましょう。この距離ならば行けるはずです」

艦長付の士官である相川一郎《あいかわいちろう》中尉である。士官学校を卒業すると、ハワイの王立海軍学校に出向となり、そのまま派遣艦隊に配属された。優秀な士官であり、ハワイに追い出されたのは不思議なほどだ。

「国見には、四連装の魚雷発射管が三基搭載されています。一二発の魚雷を叩き込めば、さすがに戦艦も無傷ではいられないでしょう」

国見は汎用巡洋艦であり、ハワイと本土の連絡を確保するため、派遣艦隊に配属されている。相手は潜水艦か駆逐艦、巡洋艦であるはずで、戦艦との戦闘は想定されていなかった。

魚雷発射管はもてあまし気味で、撤去すべきという声もあがっていたほどだ。

「このまま使わずにすますのは」

「わかっている……が」

国見は魚雷諸元計算盤にトラブルを抱えており、正確な雷撃は不可能である。この点に関しては修理を申し出ていたが、ハワイ王国ではむずかしいということで延期されていた。半月後には内地に戻る予定だったが、ついに間に合わなかったわけだ。

「わかっています。それでも、やるべきです」

相川の口調は強かった。

「何もしないで、味方が撃沈されるのを見過ごすよりはいいでしょう。計算盤に問題を抱えているのであれば、思い切って接近すればいいだけです。一〇〇〇メートルからならば行けます」

懐に飛び込んでの雷撃ならば、なんとかなるかもしれない。

幸いカリフォルニア級は艦尾が炎上しており、位置の特定はたやすい。気づかれぬように接近すれば、一撃をかけることはできよう。

「わかった。ここでぐずぐずしていても仕方がない。勝負に出る」

但馬は伝声管に命令を下す。

すぐに水雷長が復唱を返してくる。その声は弾んでいる。この時を待っていたのかもしれない。

国見は左に回頭して米戦艦に接近する。主砲の攻撃は一時停止していた。

なんとか、このまま行けるか。

但馬はカリフォルニア級の炎を見つめる。

「距離一〇〇〇で仕掛けるぞ。しっかり……」

その瞬間、国見の船体が弾けた。艦首で爆発が起き、大きく揺れる。

悲鳴があがり、乗員がなぎ倒される。

「どうした!」

但馬の問いに応じたのは相川だった。

「副砲の攻撃です。艦首部分に直撃!」

相川の顔は赤く染まっていた。額《ひたい》に傷があり、激しく出血している。傷を手で抑えながら、艦橋の窓に駆けよる。

「まだ来ます! くそっ、どうしてこっちの場所がわかるんだ」

「進路このまま。なんとしても魚雷を叩き込むんだ!」

但馬は艦の傾きを直すため、命令を次々と下す。

国見は大きく傾きながら前進する。

周囲で砲弾が炸裂し、白い光が輝く。その数は増える一方だった。

11

九月二四日　ハワイ東北東二〇〇カイリ

「敵雷撃機、接近。右一〇！　距離一〇〇」

「面舵いっぱい！」

見張員と長谷川艦長の声が交錯する。

驚くほどの速さで、空母洋龍が右に回頭する。船体が傾き、水しぶきが艦橋を叩く。一五万六〇〇〇馬力の機関が咆哮する。

頼もしさを感じつつ、第二機動部隊司令長官、片桐英吉は視線を前に向ける。

米軍雷撃機が迫ってくる。

高度は一〇〇〇メートルぐらいか。まだ点とたいして変わらないが、その存在ははっきり認識することができる。

「舵、戻せ！」

長谷川が命令を伝えるのと、米軍機が魚雷を投下するのはほぼ同時だった。

距離はおよそ二〇〇〇メートル。雷速が四二ノットだとすれば、一〇〇秒あまりで洋龍に達する。魚雷を投下した時、雷撃機と船体は正対しており、命中の可能性は低い。

しかし、確率はあくまで確率に過ぎない。何があるのかわからないのが戦場であり、彼自身、これまで考えられないような光景を見てきた。今回がその時でないとは限らない。

片桐は息を詰めて、艦橋の壁に手をつく。

高角砲がうなり、砲煙が艦橋をかすめる。

頭上を米雷撃機が通過し、機銃が後を追う。

雲の影が洋龍の飛行甲板を横切った時、見張員の声があがる。

「魚雷、右舷通過！　本艦に影響なし」

艦橋の空気がわずかにゆるむ。息を吐いて、汗をぬぐう見張員もいる。

そこに、長谷川の鋭い声がひびく。

「油断するな。まだ戦闘はつづいている。対空警戒、厳にせよ」

弛緩した雰囲気が再び張りつめる。艦橋の将兵は機敏に動いて、己《おのれ》の任務に集中する。

片桐も安心してはいられない。自分のやるべきことを整理しつつ、かたわらの参謀長に語りかける。

「これで四機目か。米軍もやるな」

「はい。本格反攻に転じています。おそらく、このままハワイまで押しきるつもりなのでしょう」

菊池朝三参謀長は硬い声で応じた。視線は右前方の空戦に向いている。

高度三〇〇〇メートル付近で、敵味方の戦闘機が戦っていた。数はそれぞれ一〇機あまりで、互いに相手の後方を取るため、旋回や上昇、下降を繰り返している。

すでに編隊は崩れており、個々の技量が問われる展開だ。搭乗員は危険な状況がつづくなか、ためらうことなく戦闘空域に突入していく。

「おおっ」

菊池が声をあげた時、ブリュースターが火を吹いた。巴《ともえ》戦に敗れ、後方から機銃で撃たれたのである。

機体はばらばらになり、海面に向かっていく。もはや立ち直る気配はない。

勝利した九八式艦戦は戦闘空域から離脱することなく、そのまま高度を落とす。

雷撃機の接近を捉えたようである。実にすばやい対応だ。

味方の直掩隊はよく戦っている。米空母から来る敵機を迎え撃ち、確実に撃墜している。

それでも完全に防ぎきることができないのは、

敵の数が多いからだ。米空母部隊は思い切った攻撃をかけてきている。

「昨日の夜から、戦いの流れは完全に変わりました。アメリカ艦隊は攻勢に転じ、我々だけでなく、第一打撃部隊にも仕掛けています。すでに被害も出ております」

「見事にやられたな。あの戦艦夜戦で、すべてが変わってしまった」

米軍は昨日の夜から攻勢を強め、日布艦隊に大きな打撃を与えていた。

とりわけ第一打撃部隊は、巡洋艦の国見を沈められ、多良も中破した。水雷駆逐艦の炎熱《えんねつ》は魚雷の直撃を受けて、文字どおり轟沈していた。

予想外の痛手であり、艦隊はハワイ方面への後退を余儀なくされている。

きっかけは、もちろん戦艦の夜戦投入である。

米軍はカリフォルニア級戦艦を惜しげもなく夜戦に放り込み、巡洋艦部隊を粉砕した。

四〇センチ砲は日本・ハワイ艦隊の動きを捉え、驚くほど正確な攻撃で着実に巡洋艦を叩いた。

まさか戦艦が参戦するとは思っていなかったので、第一打撃部隊は動揺した。艦隊の動きは乱れ、後退に時間がかかった。それがかえって被害を広げたのである。

最初の敗北で、日本・ハワイ艦隊は配置がずれており、迎撃態勢を整えることができなかった。それが今日の劣勢につながっている。

「もしかすると、米軍はオアフへの再攻撃を考えているのかもしれません。このまま攻勢がつづけば、我々は突破されるでしょう」

「しかし、これまでの戦闘で米艦隊は傷ついている。それほどの余力はないはずだ」

断続的な戦闘で、アメリカ艦隊も少なからぬダメージを受けている。すでに巡洋艦一隻、駆逐艦三隻を失い、空母も小破している。戦艦も雷撃を受けているはずで、無傷の艦艇は多くない。

夜戦に対する対応が遅れたのも、米艦隊は傷ついており、積極攻勢に出る余裕はないと見ていたからだ。今日の攻勢は無謀に近い。

「同感です。にもかかわらず攻撃に転じているということは、おそらく……」

「増援か」

ハワイ沖海戦を支援するため、増援艦隊が太平洋を西進している可能性がある。

敵は、今回の海戦に全戦力を投入しているわけではなく、サンディエゴやサモアにはまだ艦艇が残っている。

新型のモンタナ級、あるいは投入が噂されているオレゴン級戦艦が姿を見せれば、状況は一気に変わるだろう。

援軍をあてにしているからこそ、先のことを考えず、攻勢に徹することができるのかもしれない。

「なんとか守り切らねばならんな」

これ以上、オアフへの攻撃は許さない。

司令長官の有馬もそのあたりはわかっており、米艦隊を迎え撃つように命じている。

第二機動部隊に対しても、〇五四五に米戦艦牽制の命令が届いていた。戦艦部隊は勢いにのって前進しており、戦線を突破される可能性もあった。

しかし、現実にはアメリカ空母部隊に先手を取られてしまい、支援できずにいる。黒鷹が雷撃を受け、速度が低下しているのがつらかった。

「アカラがいてくれればな」

第一機動部隊の空母が健在ならば、もう少し楽に戦えたと思う。片桐たちが敵を引きつけている間に、アカラが戦艦部隊に仕掛ければ効果は大きい。

しかし、ハワイ王国の空母は、無茶な突出で被害を受けて後退中である。残った艦艇も、これまでの攻撃でかなりやられており、戦力としては期待できない。

「残った戦力でやるしかないか」

洋龍は健在であり、高い戦闘能力を維持している。今は、唯一の正規空母を生かす戦い方をするしかないだろう。

「ハワイ王国も全力で我々を支援するつもりのようです。あらゆる艦艇を投入すると言ってきました。先ほど報告を受けたのですが……」

菊池が思わぬ情報をもたらした。さすがに片桐も驚いた。

「そんな艦艇を投入して、どうにかなるのか。かえって敵戦艦の餌食になるだけではないのか」

「それでも、なんとか足止めをしたいと考えているようです。二日前から動いているようですので、単なる思いつきではないでしょう」

もはやなりふりかまっていらない状況だということか。どんな手を使ってでも、アメリカ艦隊を食い止めたいと考えているのか。

それにしても、無茶が過ぎる。

片桐は腕を組み、小さくうなった。

その頭上を米軍機が突破する。

右舷で大きな爆発が起き、水柱があがる。戦いはさらに激しさを増していた。

12

九月二四日　ハワイ東南東一九〇カイリ

ミツオ・ドメニクが右に視線を向けると、海面が大きく弾けた。爆発音が響き、衝撃波が船体を叩く。

すさまじいローリングに耐えきれず、ドメニクは艦橋の壁に手をついた。

「くそっ。たかが五インチ砲だっていうのに。なんで、こんなに揺れる」

「仕方ないですよ。こっちはたった一〇〇〇トンの小型艦ですからね。漁船と同じ。近くに弾が落ちれば揺れますって」

応じたのは、ケント・ハメニオニ兵曹だ。

ドメニクと同じハワイ王国海軍軍人である。出身は漁師で一八歳の時に志願して、海軍に入隊した。子供の頃からハワイ沖で行動しており、潮目や風向きを知り尽くしている。

二五歳で兵曹にまで出世した事実が、彼の能力を如実に物語っている。

「しかも容赦なく撃ってくるし！」

つづけざまに水柱があがり、船体が揺れる。最上甲板は飛沫を浴びて、たちまち水浸しになる。

右舷のブルックリン級は、さらに距離を詰めてくる。自信満々の攻勢だ。


気持ちはわからないではない。ドメニクが指揮する守《もり》型の防護艦はたった一〇〇〇トンの小型船だ。沿岸防衛用の汎用フリゲートであり、武装は一〇センチ砲が三門に三〇ミリ機銃が四門、あとは二〇ミリと一二ミリだけだ。

魚雷は五六センチ三連装が三基と立派だが、測距装置が貧弱で、二〇〇〇メートルまで接近してようやく当たるかどうかである。

正直、八六〇〇トンの巡洋艦と戦える能力はない。装甲は紙にも等しく、直撃を受けたら、艦の逆側までつらぬいてしまうだろう。

この戦力で迎撃に出ろと命令した司令部は馬鹿なのではないのか。

彼らにとっては危機的状況だ。にもかかわらず、狭い艦橋に集《つど》う乗員は笑みを浮かべていた。

水雷長のサブロウ・ユウキ中尉は嬉々として魚雷発射の準備を整えていたし、砲術長のミッキー・

ダクダもさかんに射撃指揮所と連絡を取って調整をおこなっている。

ハメニオニも意気揚々と命令を出している。

誰もが楽しそうであり、危機的状況を明らかに楽しんでいる。

「まったく、この馬鹿どもが！」

思わずドメニクも笑う。

ハワイ沖の戦いは、日布艦隊が不利な立場に追い込まれている。夜戦からつづく攻撃で、艦隊はずたずたに切り裂かれ、米艦隊の進撃を食い止めることができない。敵の一部は防衛線を突破して、オアフに迫りつつある。

苦境の日布艦隊にとって最後の砦となったのが、ハワイ沿岸艦隊である。

沿岸艦隊は派遣艦隊の一部で、これまでは沿岸防備のため、ハワイやオアフの周辺に貼りついていた。それが事態の急変を受けて、ハワイ東方沖に進出、米艦隊の迎撃にあたることになった。

沿岸艦隊の主力は一〇〇〇トン級の守型であり、派遣艦隊に比べれば、火力や防御力は比べものにならないほど低い。正面からアメリカ艦隊と戦えば、たちどころに撃破されてしまう。

この展開で挑むのは阿呆だ。まともな人間のやることではない。

それにもかかわらず、二〇隻の守型はためらうことなくアメリカ艦隊との戦いを選んだ。

ハワイの男ならば、当然のことだ。

自らの故郷を自分の手で守る。無法なアメリカ軍を追い払い、ハワイの独立を保つ。そこになんの迷いがあろうか。

相手は巨大な鯨だ。敵が大きければ大きいほど、血がたぎる。ハワイに生まれ育った男は、そういうものだ。変な悲観主義はいらない。

「とにかく敵を追っ払えばいい。沈めようなんて、馬鹿なことは考えるなよ」

ドメニクは敵艦をにらみつける。

強い陽光が灰色の船体を照らし出す。

時刻は一一〇〇になる。そろそろ潮目が変わる頃で、チャンスも出てくる。

ハワイ王国軍人に、刺し違えの思想はない。どんなことをしてでも生きて帰る。艦艇が沈めば、泳いででも祖国に戻る。生還すれば、何度でも戦いの場に赴くことができる。

せっかく生きているのだから、しぶとく粘って最後の最後まで敵の脚を引っぱって、いやがらせをする。それが彼らのやり方だった。

ハワイの海は、彼らの友達だ。放りだされても海にいれば、どうとでもなる。

「守六三が行きます！」

ハメニオニの声にドメニクが顔を向けると、同じ守型の防備艦が最大戦速で突き進むところだった。なんとブルックリン級に接近していく。

ドメニクの艦に攻撃が集まっているのを見て、その隙を突くつもりらしい。

「くそっ、ハモイの奴か。いいとこどりするつもりかよ！」

ハモイは王立士官学校の同期で、これまでも何かと張りあってきた。女をめぐって争ったこともあるし、波乗りで技量を競ったこともあった。朝まで飲み、騒いだことは数え切れない。

最大のライバルであり、最高の戦友だ。

守六三は果敢に主砲を放って突進する。

ブルックリン級の左舷で、水柱があがる。

思わぬ敵の登場に、敵の動きが変わった。左に回頭し、後方の主砲で守六三を砲撃しようとしている。

「仕方がない。支援するぞ。ここであいつが沈んだら、寝覚めが悪い」

確か、二〇円ばかり貸しがあったはずだ。いや、借りていたのは自分だったたか。

「接近。距離三〇〇〇で撃ちまくるぞ」

ドメニクがわざと声を張りあげると、艦橋で声があがった。

誰も戦いを恐れていない。陽気に自分のやるべきことをやっている。

ハワイ語で阿呆のことをフーポーと言う。

そういう意味で、この船はフーポーの集まりだ。利口な奴はほとんどいない。

だが、それがいい。やりたいようにやってこそ、生きる意味がある。つまらない理屈やプライドにこだわって何があるというのだ。

速度があがり、守六五は接近する。

ブルックリン級もひるまず主砲を放つ。

進路をふさぐようにして水柱があがる。守六五は戦火が逆巻く海域を、ただ驀進《ばくしん》していた。

13

九月二四日　ハワイ東南東一九〇カイリ

敵艦との距離は二万メートルを切っている。

前檣楼トップの測距儀では、その姿を確実に捉えているだろう。双眼鏡を使えば、羅針艦橋からでも艦影を確認できるはずだ。

いよいよ、ここからが勝負どころだ。

戦艦日波《にちは》艦長、橋本新太郎《はしもとしんたろう》大佐は伝声管に吠えた。

「砲術長、敵艦の様子はどうか！」

「変わりありません！　二二ノットで並走中。目標は本艦……」

報告は右舷前方の爆発で遮られた。

轟音と衝撃波が艦橋を襲う。

水柱がたち、白波が押し寄せてくる。日波は沸騰する海面を切り裂くようにして前進する。

「右舷、至近弾！」

「被害状況、知らせ！」

「右舷兵員室浸水！　応急処置に入ります」

副長の稲葉剛《いなばつよし》中佐がてきぱきと報告してくる。

着弾が近かったわりに損害は軽微だ。これなら、まだ戦える。

「ここを抜かれるわけにはいかん！」

橋本は両足に力を入れた。視線は敵が航行しているであろう左舷海域に向く。

海面はいつもと同じ輝きを放っている。青く、そして美しい。

その彼方に敵艦はいる。四〇センチ砲を搭載したカンザス級とカリフォルニア級だ。

二四日の一一四五、ついに第一打撃部隊は、敵戦艦部隊との砲戦に入った。西進しているアメリカ艦隊を正面から迎え撃ったのである。

何度か転進を繰り返した後、日米艦隊は同航戦に突入した。

日本の戦艦は瑞穂と日波、アメリカ艦隊はカリフォルニア級が一隻とカンザス級が二隻である。

手強いのはカンザス級だ。四万五〇〇〇トンの船体はカリフォルニア級の一・五倍であり、主砲も四〇センチ砲が八門に強化されている。二八ノットの速力は日波より優速で、小回りも利く。

互角に戦えるのは近江型の瑞穂だけで、摂津型の日波は能力不足だった。

「撃て！　相手に遅れを取ってはならん！」

橋本が吠えると、主砲が咆哮した。

一番砲塔の三門である。

すでに攻撃は斉射に入っており、衝撃波はこれまで以上に強い。

潮風に押されて砲煙が後方に流れた時、海面がまたも弾ける。船体を挟むようにして、水柱があがる。

カンザス級は確実に日波を捉えている。夾叉されたのは一五分前であり、それ以降は至近弾が増える一方だ。いつ最悪の事態になってもおかしくない。

「昼間砲撃戦でも、ここまでやるのか」

橋本は、アメリカ戦艦の能力に驚嘆していた。

昨日の夜戦では、すさまじい命中率で巡洋艦戦隊を圧倒し、彼らの夜戦に対する自信を打ち砕いた。わずか一時間の戦いで、二隻の巡洋艦が仕留められたのではたまったものではない。

アメリカ艦隊は、日本海軍がためらった戦艦の夜戦をやり遂げ、派遣艦隊に大きなダメージを与えた。

夜が明け、陽光を浴びての戦いになっても、アメリカ艦隊は強力だった。

目標を定めると、ものすごい速さで砲弾を放ってくる。発射速度は日波はおろか、瑞穂も上回る。極端な表現をすれば、こちらが一発放つ間に、向こうは三発も砲撃してくるように思える。

手数の多さに押されて、日波は能力を発揮できずにいる。乗員も見えない力を感じているかもしれない。

だが、ここで後退は許されない。

日布艦隊は追いつめられており、第一打撃部隊が突破されれば、進撃を防ぐ手段を失う。防護艦だけで戦艦を食い止めることはできない。

戦艦の相手は、彼らがしなければならない。アメリカ艦隊の前進は強烈であり、多少の犠牲が出ても、彼らが立ちふさがらねばならなかった。

そのあたりは有馬司令長官も同じ考えだろう。

橋本が顔をあげると、五カイリと離れていない海域に灰色の船体が見える。

派遣艦隊旗艦の戦艦瑞穂だ。

艦尾の連装砲塔は左舷を向き、敵の一番艦にねらいを定めている。白い航跡は敵の砲弾をかわすため、左右に揺れている。

橋本が見ている間にも砲口がきらめき、砲煙が艦尾をつつむ。

旗艦として、瑞穂は第一打撃部隊を引っぱる役目を果たしている。

有馬は敵戦艦が前進してくると、瑞穂を前に出して砲撃戦を挑んだ。突破されまいという意志の現れであろう。何度となく砲弾を浴びてもひるまないところは、さすがに派遣艦隊の指揮官だけのことはある。

ならば、橋本もついていく。負けるわけにはいかない。

一発でも直撃があれば、流れは変わる。五分以上に戦いを進めることができるはずだ。

橋本が新しい命令を出そうとしたその時……。

風切り音が響いた。頭上から砲弾が迫ってくる。

いかんという声を出すことはできなかった。

後方で爆発が起き、これまで以上に艦が激しく揺さぶられたのである。

見えない手で、巨艦がふりまわされたかのようだ。橋本は思わず膝をつく。張り飛ばされたように、見張員が後方に吹っ飛ぶ。

「敵砲弾、直撃！」

誰かが声をあげる。

橋本は状況を確認しようとしたができなかった。

さらなる直撃が日波の艦首を襲ったのである。

14

九月二四日　ハワイ東北東二五〇カイリ

「しまった。本命は右か！」

中山三四郎は、低空で突入していく雷撃機を発見した。二機で艦隊に向かっていく。

たび重なる攻撃で輪形陣は大きく崩れており、対空砲火は弱まっている。このままではやられる。

中山は操縦桿を倒し、重力の力を借りて加速していく。

胴体が激しくきしみ、翼が大きくしなる。

激しく回転する高度計を横目で見つつ、中山は敵艦攻に向けて機首を向ける。

すでに二機は攻撃体勢に入っている。

ねらいは防空駆逐艦の電撃《でんげき》だ。いつまでも貼りついているのを面倒に思ったらしい。空母をやる前に、周囲を丸裸にするつもりだ。

中山はなおも距離を詰めるが雷撃機には遠い。ちらりと後方を見ると、ブリュースターが降下するのも見える。

このままでは間に合わない。

「ええい！」

中山は機銃を放つ。

弾丸はむなしくハワイの空をつらぬく。

距離は遠く、まだガンサイトに敵機は収まっていない。駄目なのはわかっていた。

中山がわずかに操縦桿を引いた時、二機の雷撃機は同時に魚雷を投下した。

水しぶきがあがり、凶悪な一弾が戦闘海域を駆け抜ける。

「かわしてくれ！」

中山は操縦桿を引いて艦隊上空に出る。

ブリュースターを引き離したその瞬間、電撃の右舷で水柱があがった。直撃だ。

たちまち炎があがり、黒い煙が船体をつつむ。

強烈な一撃に耐えられず、電撃の船体は大きく傾く。行き足が完全に止まってしまう。

二度、三度と爆発がつづき、船体はさらに傾いていく。もう助からない。

中山の肩は細かく震える。なんとも悔しい。

洋龍飛行隊は米軍の攻撃を防ぐため、一〇機が艦隊上空に貼りついて直掩にあたっていた。

米空母部隊は、第二機動部隊が仕掛けているにもかかわらず、引き下がることなく攻撃をつづけていた。ダメージを気にせず、こちらの洋龍や黒鷹に一撃をかけるつもりでいた。

そのため、本来ならば攻撃隊を守る中山も、空母上空に展開して、敵航空隊を迎え撃たねばならなかった。

苛烈な攻撃に第二機動部隊は対応が遅れ、うまく攻撃を回避できなかった。一方的に攻め込まれるだけの展開となり、防御もついに破綻した。

中山が見ている間にも、敵機が艦隊上空に飛び込んでいく。まだ七、八機は残っているだろう。

味方の対空砲火は弱まっており、進撃を食い止める力はない。電撃が航行不能となったので、右舷には大きな穴があいている。

「なんとか防がないと」

中山が視線を右下方に向けると、雲の塊を隠れ蓑《みの》にして、米艦爆が高度を落としたところだった。急降下ではなく、あえて緩降下で空襲をかけようとしている。

速水やトキザネの九八式艦戦は、左手奥の攻撃隊を抑えるだけで精一杯だ。

ならば、自分がやるしかない。

しかし降下の直前、右上方にブリュースターが飛び込んできた。中山の動きを見て、味方を守るため突っ込んできたのである。

「ええい！」

降下すれば間違いなく後方に回り込まれ、艦爆に追いつく前に落とされてしまう。

犬死には、中山も望むところではない。

中山は一瞬で敵との位置関係を把握し、右に旋回する。

ブリュースターはついてこられないが、それでも高度の利を生かして中山を追撃しようとする。艦爆をねらえば、必ず追いつかれる。

中山が旋回をつづける間にも、米艦爆が艦隊に迫る。

ねらいは洋龍だ。

ちょうど雷撃をかわしたばかりで、艦爆と正対する形になる。最悪の間合いである。

無理な機動で、中山は高度を落とす。

それでも艦爆には追いつけそうにない。

身体を押す圧力に耐えながら位置を確認した時、右側から艦爆に迫る機体があった。

九八式艦戦。溝口だ。旋回しながら、後方に回り込む。

しかし、それを待ちかまえていたかのように、ブリュースターが高度を落とす。たちまち溝口の左上方につける。

「逃げろ、溝口！」

気づいていないのか。

いや、あれほどの技量を持つ男だ。わかっていないはずがない。

敵が来るとわかっていて、艦爆をねらっている。空母を守るために、あえてその身を敵にさらしている。

冗談じゃない。お前はそんな性格じゃない。いつでもへらへら笑いながら、自分勝手に生きていくんだろう。誰かのために動くなんて、おかしい。

「駄目だ！」

中山が声を張りあげた時、機銃が放たれる。

九八式艦戦の一撃は、艦爆をつらぬいた。

敵機は傾き、そのまま海に向かう。

そして、ブリュースターの一撃も、九八式艦戦を撃ち抜く。

機体は翼をつらぬかれた。しばらく飛行した後、炎が胴体をつつみ、ついに大爆発した。四散した破片は、そのまま空に吸い込まれていく。

溝口が脱出した様子はない。

あれでは助からない。一瞬で世界の彼方に消え去ってしまった。

あれほどの男が。いつも余裕を持って笑っている奴が消えてしまった。

もう帰ってくることはない。

「うわあああ」

中山は声を張りあげながら、高度を落とした。トップスピードでブリュースターをねらう。

逃がすはずがない。何があっても叩き落とす。

中山の瞳は、上昇に入るブリュースターだけを捉えていた。

15

九月二四日　戦艦瑞穂作戦室

山口多聞が作戦室に入ると、すぐさま有馬が声をかけてきた。口調はこれまでにないほど鋭い。

「どうだ、敵の動きは」

「はい。長官の予想どおりです。アメリカ空母部隊は攻撃こそ激しいものの、前進してくる気配はないとのことです。現在は北上しつつあるという情報もあり、ハワイを直接攻撃する気配はありません」

「そうか。やはりな」

「夜戦艦隊も同様です。あれだけの戦力があれば、一気にハワイを衝いてもおかしくないのに、防護艦とやりあった後は南東海域でうろうろしているようです。まるで我々を誘っているかのように」

「そのとおりだろう。奴らは、我々が攻めてくるのを待っているんだ」

有馬は顔をしかめた。海図台についた手は細かく震えている。

「やられた。アメリカ艦隊は、日布艦隊の漸減をねらっていた。積極攻勢は我々を釣りあげる策でしかなかったのだ」

作戦室を重苦しい空気がつつむ。作戦参謀の中澤は、うつむいたまま何も語らない。

山口としても忸怩たる思いだ。米軍のねらいを読み切れなかった。

昨夜の夜戦からアメリカ艦隊は攻勢に転じていたが、それは作戦であった。敵はハワイを攻撃するように見せかけて、派遣艦隊を交戦の場に引きずり出したのである。

ハワイを攻撃するように見せかければ、派遣艦隊は必死の反撃をおこなう。そこで艦艇をできるかぎり叩き、日布艦隊の戦力を削ぎ落とす。それがアメリカ艦隊の作戦だった。

壮絶な撃ち合いで、派遣艦隊は大きなダメージを受けた。アメリカ艦隊も被害をこうむったが、それは彼らも計算していただろう。

消耗戦になれば、アメリカが有利とわかっていた。にもかかわらず、ハワイ防備を優先するあまり、米軍の意図を読み切れず、無駄に艦艇を傷つける結果となった。悔やんでも悔やみきれない。

「長官だけの責任ではありません。判断を誤ったのは我々も同じです」

山口は言った。その声はいつもより高かった。

「思えば、戦艦夜戦も伏線だったのでしょう。夜戦に戦艦を投入してまで、アメリカは勝ちに来ている。当然、ハワイもねらうだろうと我々に思い込ませました。動揺して、正確な意図を見抜けなかったのはうかつでした」

アメリカ艦隊は強い意志を持って、作戦を遂行していた。冷静に対応しなければならない司令部が、最も状況を把握していなかった。

「おそらく、米軍のねらいは長官のお考えどおりでしょう。おかげで我々は痛い目にあいましたが……まだ取り返すことはできるでしょう」

山口は海図を見やった。

「幸い、我々は米軍の意図に気づきました。ならば掌《てのひら》で踊らされぬように気をつけながら、対応策を講じていけばよいのです。余力はあります」

二四日の一五〇〇現在、ハワイ沖の戦いは小康状態を迎えている。

第一打撃部隊とアメリカ戦艦部隊の戦いは、双方が距離を取ったこともあり、砲火は止んでいる。

カンザス級の砲撃で日波が損傷する一方、カンザス級も瑞穂の砲弾を浴びて、煙突や後部砲塔が大きなダメージを受けた。

また、水雷巡洋艦モアナの雷撃でカリフォルニア級も中破し、戦線を離脱している。双方とも主力の戦艦が傷つき、態勢の立て直しを余儀なくされたわけである。

空母部隊の戦いも現在は中断している。第二機動部隊が後退すると、米空母部隊もあわせるようにして距離を置いた。無理に追撃することはなく、様子見に徹している。

ハワイの東南海域では、アメリカ艦隊は後退気味である。防護艦と戦い、双方に被害が出ると、無理して突破をかけることなく、南に下がっている。火力では明らかに有利であるのに、突破する気配すら見せない。

米艦隊の反応を見て、有馬はどこかおかしいと判断し、動きを精査するように命じた。

その結果、敵はハワイ進撃は考えておらず、派遣艦隊を撃破することに主眼を置いていると判断したのである。

「大事なのは、この先です。米軍にどう対応していくか。それで我々の真価が問われます」

「そうだな。過去を悔やんでも仕方がない。我々にはまだ戦力が残っている。あとは、これを生かしてどう戦っていくか」

有馬は中澤を見た。

「どうだ」

「適度な距離を取って攻撃をかけるしかありません」

中澤はようやく口を開いた。海図台に歩み寄り、棒を使って該当する作戦海域を示す。

「敵艦隊は強力。とりわけ戦艦の能力は侮《あなど》れません。現時点で八隻が展開しており、正面から戦えば簡単に打ち砕かれてしまうでしょう。ならば、敵艦隊との間合いをうまく取り、敵の攻撃が届かないアウトレンジから仕掛けるしかありません」

「航空攻撃か」

「はい。幸い米艦隊は空母を二隻しか投入しておりません。そのうちの一隻はこれまでの攻撃で大破しておりますから、実質的には一隻で、その一隻も被弾しております。

我々もアカラが戦線を離脱して苦しい状況ですが、それでも数では優っています。米空母部隊が距離を置くのであれば、それを生かして、我々は戦艦、巡洋艦部隊に仕掛け、ダメージの蓄積を図るべきでしょう」

中澤はいつもの口調に戻っていた。海図を見ながら、冷静に説明をつづける。

「一撃での撃沈は無理でも、何度か仕掛けていけば、損害は大きくなるはずです。前檣楼に直撃を受ければ戦闘不能になりますし、機関やスクリューが破壊されれば、それだけで航行不能です。積み重ねで敵の戦力を削り落とし、勝利につなげるのが最短であると見ます」

「漸減策か。敵と同じだな」

渋い表情の有馬に山口が語りかけた。

「苦しいですが、私もそれが最適の作戦と見ます。我々はハワイに近く、いつでも補給を受けることができますが、米軍は根拠地から遠く離れており、長期の戦いは不利です。基地攻撃隊も組み合わせていけば十分にいけます。ただ一つだけひっかかるのが……」

「戦艦夜戦か」

「はい。仕掛けてきたら、防ぐのは困難です」

昨夜の夜戦は米軍に圧倒された。戦艦を前面に押し立て、至近距離での砲戦となったら、巡洋艦部隊に勝ち目はない。日本の戦艦部隊に夜戦の準備はなく、無理に夜戦をすれば、かえって被害が大きくなるだけだった。

わずかな優勢など一瞬で消し飛んでしまう。戦艦夜戦には流れを変えるだけの影響力がある。

作戦室を沈黙がつつむ。重苦しい空気が広がるが、それはたいしてつづかなかった。

「米軍が戦艦を投入してきたら、無理をせず後退するしかありません。押し返すのは、残念ながら無理です」

中澤の説明を受けて、山口が反論する。

「しかし、うかつに下がれば士気にもかかわる。戦線が歪《ゆが》めば、それだけ被害も増える」

「ですが……」

中澤はうつむく。彼の知力ならば、そのあたりはわかっているのだろうが、他に解決の手段がないのであろう。

山口も明快な方針を示すことはできない。

戦艦夜戦をしのげたとしても、米軍の攻撃はなおもつづくだろう。いったい、いつまでそれを防げばいいのか。アウトレンジでの攻撃がどこまで有効なのか。そのあたりはわからなかった。

「まずはハワイ方面に後退して敵を誘い込もう」

有馬は山口と中澤を見た。

「基地航空隊は、すでに行動を開始している。これと手を組めば……」

そこまで有馬が話を進めた時、作戦室の扉が開いて若い兵が飛び込んできた。肩を上下させており、顔も赤い。

兵は有馬の前に立つと敬礼した。

「伝令。通信室からです」

「どうした？」

「先刻、通信が入りました」

兵はメモを有馬に渡した。

受け取った有馬が一読すると、その表情がたちまち変わった。

「こ、これは……」

「どうなさったのですか。まさか米軍が……」

「いや、違う。吉報だ。これでなんとかなるかもしれん」

有馬は笑みを浮かべて、メモの内容を語った。

話を聞くうちに、山口の心には安堵の思いが広がった。

思ったより早い。有馬の言うとおり、これでひと息つくことができるだろう。

話が終わったところで、山口は中澤を誘って議論をはじめた。作戦案を修正せねばならなかった。

16

九月二四日　ハワイ東南東沖

「距離を置いて戦えとは。なかなか無茶を言ってくれる」

有賀幸作大佐は左舷を見やった。

肉眼で観測できるぎりぎりの距離に、艦影が見える。ほとんど点で、輪郭すらはっきりしない。白波がたつと、その姿が隠れてしまいそうだ。

アメリカのブルックリン級の巡洋艦だ。一昨日、直撃を与えた敵が再び接近している。

しつこい奴と思うべきか、それとも互いに生き残ったことを喜ぶべきか。むずかしい関係だ。

有賀が小さく笑うのと、砲弾が海面に突き刺さるのは同時だった。水柱があがる。

「敵艦発砲！」

見張員の声がひびく。着弾は離れており、玉波には水しぶきがかかった程度である。船もたいして揺れていない。

距離は離れており、双方とも三〇ノットを超える高速で航走中だ。進路も細かく変えており、攻撃をかけるにはまだ早過ぎる。

やはり距離を詰めるつもりがないのか、どこか誘っているような動きである。

司令部の読みはあたっている。間違いなく敵は彼らをハワイから引き離して撃破するつもりだ。漸減作戦を仕掛けているという考えは正しいだろう。

ならば、簡単に乗るわけにはいかない。うまく攻撃をかけていく必要があろう。

有賀率いる玉波は、戦艦夜戦の影響を受けて一時後退し、ハワイの東南東で態勢を整えていた。反撃に転じたのは午後に入ってからで、ようやく三〇分前に敵艦隊と接触したところだ。

敵艦隊は巡洋艦と駆逐艦が中心の水雷戦隊であり、駆逐艦だけの味方部隊よりも強力だ。正面からの戦いでは、いささか苦しい。

「さて、どうするか」

司令部は、アウトレンジからの攻撃で敵の作戦をかわせと命じている。敵にやられないような場所から一方的に攻撃しろというわけだ。

軍事の基本であり、その論理に従って人類は武器を強化してきたが、玉波と敵の兵装を考えれば、簡単にはいかない。一四センチ単装砲では、ブルックリン級の一五センチ連装砲にはかなわない。

単なる砲撃戦では駄目ならば……複合攻撃でいくしかない。主砲より射程の長い兵器はまだある。

有賀は伝声管を使って、水雷長に話しかけた。

「どうだ、準備はできているか」

「はい。今度は本当に撃つのですね」

「ああ、相手はどうも同じ艦らしい。前回と同じ策は通じない。本気で使って、ようやく五分に持ち込めるのではないかな」

「了解しました。では、こちらも本気で命中させるつもりでいきますよ」

「頼む」

前回、有賀は魚雷を発射すると見せかけて敵艦に接近し、主砲を叩き込んだ。虚を衝かれたせいか、敵の攻撃は乱れて、ついに直撃弾はなかった。

同じ手はさすがに通用しないだろう。接近すれば近距離での乱打戦に持ち込まれて、あえなく仕留められてしまう。

ならば、今回は魚雷を使う。九三式酸素魚雷の最大射程は四万メートルであり、七〇〇〇メートル先の相手ならば十分に攻撃できる。

できることならば戦艦に投入したかったが、仕方がない。

直撃ならば、相手に撃たれる前に仕留めることができるだろう。仮に外したとしても、魚雷で敵の動きは乱れるはずであり、その間に接近しての攻撃ができる。

魚雷と砲撃を使ったヒットアンドアウェイ攻撃が有賀のねらいだ。

「よし、仕掛けるぞ。敵ブルックリン級との距離を確認。判明次第、雷撃……」

「上空、敵水偵！」

有賀の命令は見張員の声によって遮られた。

「機数一、右二〇。距離一〇〇、高度八〇〇！」

あわてて有賀が右舷の窓から上空を見あげると、旋回しながら降下する機体が見えた。

濃紺の単葉機で、フロートを装備している。速度は遅く、旋回半径もゆるやかである。

翼に描かれた国籍マークは星。

アメリカ海軍の水偵だ。

近くの艦艇から出撃したのであろう。

「まずいぞ……」

ハワイの東南東海域には戦艦がいる。夜戦に参加した艦で、強力な四〇センチ砲を装備している。

戦艦が出てきたら、やられないようにやるどころの騒ぎではない。酸素魚雷の最大射程で攻撃しても厳しい展開だ。

だいたい酸素魚雷の有効射程距離は七〇〇〇メートル程度で、一万メートルを超えたらあてにならない。

戦艦が出てくる前に決着をつけたい。

「水偵にかまうな。俺たちにはどうにもならん。水上の敵に神経を集中しろ」

有賀は艦橋の将兵に注意をうながした。気が散って敵の攻撃を許すのが最もまずい。

「雷撃後、敵艦隊に接近。ただし、主砲による効果は一回だけだ。仕留めても仕留めなくとも、それで離脱する」

今は、犠牲を最小限にすることに全力をあげるべきだ。生きていれば、再び戦果をあげることもある。

「三〇秒後、雷撃。その後、取舵」

手順は完成している。後は、どこまで自分の作った計画に実際の行動を近づけることができるか。

有賀は敵艦に視線を送る。

左舷に砲弾が着弾する。その距離は、先刻よりも近くなっていた。

17

九月二四日　ハワイ東北東三六〇カイリ

「右上方、信号弾！　突撃です」

「おうよ！」

佐藤重雄一飛曹は全力で操縦桿を押す。

機体は風の流れに押されて降下する。速度があがり、雲が後方に流れていく。

頭上で爆発が起きて、機体がわずかに震える。

佐藤は操縦桿をがっちり固定して、さらに高度を落としていく。

前方には、米軍の空母部隊が見える。たび重なる攻撃に耐えきれなくなったのか、進路を東に取って後退している。

陣形はひどく乱れており、守るべき空母が左の縁を航行している。巡洋艦や駆逐艦は動きが鈍く、一部は空母から離れる動きを見せている。

対空砲火も薄く、直掩機も九八式艦戦に押さえられて自由に行動できない。

絶好の機会である。佐藤もこれまで何度となく攻撃をかけたが、ここまで良好な状態で敵空母に接近できたことはない。

「今日こそは逃さないぜ！」

佐藤は声を張りあげる。

「ここで仕留めずして、どうする」

今回の攻撃にあたって、第二機動部隊は米空母部隊から距離を取り、敵の艦載機が届かない位置から攻撃をかけた。

それは、司令部の意向であるのと同時に、搭乗員の希望でもあった。

敵艦隊からの攻撃がなければ、直掩は最小限にできる。艦載機のほとんどを攻撃に回せるわけで、それだけ戦果が期待できる。空母を仕留めるのも夢ではなかった。

一三三〇から攻撃隊は順次、出撃した。位置を把握できたのは、撃墜寸前まで空母に貼りついて位置を報告した九七式艦攻のおかげだった。

「無駄にはしないぜ！」

佐藤はフットバーを操作し、右に旋回する。

九七式艦攻は、空母の左舷方面から突撃をかける。距離はおよそ二万メートル。

「上空、敵機なし。いけます！」

通信員の星川三吉一飛兵が報告してくる。

「無事な空母はこのエンタープライズ級だけです。一撃、かましましょう」

「まかせておけ」

ワスプ級が後退した今、エンタープライズ級さえ離着艦不能に追いやれば、米艦隊の直上はガラ空きになる。対空砲火だけで攻撃を防ぐことはできないのだから、一方的に攻撃を受ける展開になるだろう。

たとえ相手が戦艦であっても、集中的に航空攻撃を浴びれば、耐えられるものではない。いつかは沈むことになるだろう。

佐藤は、さらに高度を落として空母に向かう。

対空砲火が彼らをつつむ。

空母は回避運動に入っていた。面舵を取っているようで、彼らから離れる動きを見せている。

しかし、それはあまりにも遅い。ここまで接近していて、逃げられるわけがない。

照準器に空母が飛び込む。その姿はたちまち大きくなり、ついにはあふれてしまう。

「てっ！」

佐藤は投下レバーを引く。魚雷が落ちると海風にあおられて、機体が持ちあがる。

そのまま九七式艦攻はエンタープライズの上空を突破する。

「どうだ！」

「まだわかりません！　もう少し」

さすがに高速飛行中の機体から雷跡は確認できない。結果が出るのを待つしかない。

佐藤は高度を取ったところで、大きく右に旋回する。傾いた翼の下を空母が横切っていく。

その船体が大きく震えた。

左舷中央部に水柱があがる。間を置いて爆発が起き、黒い煙が船体の中部からあがる。

直撃である。彼らの魚雷がエンタープライズ級の横腹をえぐった。

「やった、やったぞ。ざまを見ろ！」

偵察員の武田友治が叫んだ。発動機の爆音をつらぬいて、はっきりと響いてくる。

「敵《かたき》は取ったぞ。見たか」

これまでの戦いで多くの搭乗員が死んだ。艦攻隊だけで一〇人、搭乗員全体に広げれば二五人に達する。

仲のよかった奴も虫の好かなかった奴も、太平洋に散った。二度と話をすることはできない。

犠牲者が増えるたびに敵を取りたいという思いは強まった。せめて一矢を報いねば、出撃する意味がないとすら思えた。

ようやく願いはかなった。自分たちはやるべきことをやった。

佐藤が左手を握りしめる。

直後、機体が激しく揺れた。

乱気流に突入した時よりもひどく、姿勢を保つことすらむずかしい。

佐藤が視線を転じると、左の翼がもげているのが見えた。三分の一が消し飛んでいる。

「くそっ。なんてことだ」

こんなところで、対空砲火にやられるとは。もう満足に飛行することすらできず、母艦への帰還は望めない。

「それぐらいならば……」

佐藤は、機首をエンタープライズ級に向ける。今度は艦橋を破壊してやる。勢いをつけて九七式をぶつければ、ただではすむまい。

傷ついた艦攻は、よろめきながら敵空母に向かう。その動きにためらいはない。

18

九月二二四日　カンザス作戦室

報告を聞いて、リチャードソン太平洋艦隊司令長官は口を開いた。

「日本・ハワイ艦隊は後退しつつあるのか」

「間違いありません。すでに主力の戦艦部隊は、ハワイの東南東一八〇カイリまで下がりました。空母部隊もTF16に仕掛けつつ後退しています。積極的に交戦する意図はないようです」

パウナール作戦参謀は、書類を見ながら説明した。表情には焦りの色がある。

「基地航空隊の動きも鈍いようで、我々を引きつけて攻撃する気はないようです。意図が見えません」

「君はどう思う」

リチャードソンが尋ねたのは、アンダーソン参謀長だった。金髪碧眼の軍人は、しばし海図を見てから応じた。

「わかりません。うかつに後退すれば、我々にハワイ攻撃を許すことになります。直接攻撃を恐れて懸命に守っていたはずなのに、ここでの退却は筋が通りません」

「確かに、午前中までは積極的に攻勢をおこなっていた。この後退は不自然なように見えるが……」

リチャードソンは一度、言葉を切った。時間をかけ、考えをまとめてから再び話を切り出す。

「敵も馬鹿ではないということだな」

「どういうことです」

「我々の作戦意図を見抜いたということだ。ハワイ攻撃ではなく、艦隊の漸減をねらっていると判断して、無理な交戦を避けたのだろう」

太平洋艦隊が不自然な前進をしたところで不審感を持ち、状況証拠を積み重ねて意図を見抜いたのであろう。たいした戦術眼である。

「派遣艦隊の司令官は八〇になる老将だというが、戦場を見る目は確かなようだ」

「あるいは、参謀がよいのかもしれません。参謀長は、将来の日本海軍を支える存在のようですから」

アンダーソンの表情は渋い。意図が見抜かれたことが悔しいのであろう。

「問題はこの後だ。さらに攻勢をつづけるか、それとも様子を見るか」

「攻撃するべきかと思います。まだ我々には余力があり、一度や二度は仕掛けることができます」

「しかし、空母が二隻とも離着艦不能になりましたので、防空能力は大幅に低下しています。日本・ハワイ艦隊が航空戦を仕掛けてくれば危険です」

パウナールがアンダーソンの意見に反論した。書類をめくって説明をつづける。

「これ以上、接近すれば、基地航空隊が出てくることもありえます。挟撃されれば、苦しい展開になるはずで、ここは慎重に動くべきです」

「だが、ハワイの飛行場が完全に回復したわけではないだろう。最初の奇襲でかなりの機体を失っており、戦力はたいしたことはないはずだ。恐れるほどではない」

「しかし……」

二人は議論をつづける。どちらの意見も正しく、また問題を抱えている。艦隊が無傷ならばともかく、ここまで傷ついていると、作戦を誤ると最悪の事態を引き起こしかねない。

リチャードソンは、改めて敵味方の位置を確認した。

日本・ハワイ艦隊の後退は確かで、ハワイ王国の機動部隊はすでに戦闘海域から離脱している。

その一方で、主力や空母部隊はなおも攻撃をつづけていた。アウトレンジから仕掛け、確実に戦力を削り落としている。

エンタープライズも航空部隊の遠距離攻撃でやられた。

その意図はなんだ。後退するならば、なぜ思い切って下がらないのか。まるで時間稼ぎをしているような動きには何か意図がある。

リチャードソンが腕を組む。

その瞬間、作戦室につながる電話が鳴った。あわてて近くにいた士官が取ろうとするが、それを制してアンダーソンが受話器をつかむ。

「こちら、作戦室だ。どうした……なんだと」

目が大きく開く。衝撃を隠そうとしない。

「その話は本当なのか。わかった。すぐに報告する」

アンダーソンはリチャードソンを見た。

「潜水艦サーモンからの報告です。日本海軍の一大艦隊がハワイに向けて東進中。一両日で作戦海域に突入するそうです」

「そんな！」

パウナールは驚きの声をあげた。事態の急変が信じられないようだ。

一方、リチャードソンは落ち着いていた。むしろ予測できた事態だ。

「そうか。そういうことだったか」

　これですべてがつながる。

「日本・ハワイ艦隊が後退していたのは、援軍が接近していたからか。時間を稼いで共同で攻撃をかけるつもりなのだろう」

　二二日の時点で日本艦隊発見の知らせはあったが、その後、報告がなく、誤報ではないかという意見もあった。しかし、リチャードソンは報告を重視し、頭の隅に置いていた。

　その艦隊がついに姿を見せたわけだ。

「そのようです」

　アンダーソンは受話器を置いた。

「報告によりますと艦隊は三〇隻を超えており、そこには竣工したばかりの戦艦も含まれているようです。我々との決戦を考えての行動と見るべきです」

「あの巨大戦艦もいるのか」

　日本海軍は秋津《あきつ》型と呼ばれる巨大戦艦を建造して、太平洋方面に配備していた。基準排水量は七万二〇〇〇トンに達し、五〇口径の四六センチ砲を六門も装備している。船体はおよそ二七〇メートルで、前檣楼はこれまでにない高さだと言う。

　すさまじい性能にアメリカ海軍も衝撃を受け、早々にモンタナ級の建造を取りやめ、オレゴン級の作業を早めたほどである。

　秋津型が来るとなれば、カンザスやネブラスカでも苦しい。正面から仕掛ければ、アウトレンジから一方的に攻撃されるかもしれない。

「日本海軍は思い切って艦隊を投入してきたな。おそらく高野《たかの》五十六《いそろく》あたりの差し金だろう」

　連合艦隊司令長官、高野五十六大将はアメリカ海軍の脅威を訴え、ハワイ防備の強化を押しすすめてきた。おそらくハワイ沖の演習がはじまったあたりで、マーシャルからウェークまで進出し、開戦となったところですぐにハワイへ進路を取ったに違いない。

アメリカ太平洋艦隊は、小規模な部隊をマーシャルに送り込んでいたが、残念ながら敵の動きを阻止することはできなかった。最初から攻撃を見越して、攻撃を受けないよう迂回していたに違いない。

「長官、これでは……」

「わかっている。これ以上、ハワイ東方沖にとどまるのは危険だ。退却する」

日本・ハワイ艦隊に加えて、日本海軍の主力を相手にする余裕はない。次の戦いを考えて、早々に後退するべきだろう。

「即刻、戦闘は中止。逐次後退に入る。その旨、TF16、TF18に通達してくれ」

「後退を通達します」

アンダーソンはパウナールを誘って、文書の作成にかかる。

時間はさして残されていない。援軍が来るとなれば、日本・ハワイ艦隊も再度、前進するかもしれない。無事に撤退するには一刻も早い行動が必要だ。

リチャードソンは二人の議論に加わった。やるべきことはいくらでもあった。

19

九月二四日　空母洋龍

飛行甲板が目の前に迫ってきたところで、中山はさらに高度を落とした。誘導員の旗を横目で確認する。

速度は問題なく、軸線もあっている。

あとは降りるだけだ。

中山はエンジンを絞って、洋龍の飛行甲板に入る。軽く操縦桿を動かすと、すぐに衝撃が来た。着艦フックが制動索をつかまえたのだ。

強い力で引っぱられて、九八式艦戦は停止した。すぐに整備員が駆けよってくる。

いつもならばひと息つくところだが、今日は駄目だ。確認しなければならないことがある。

中山は機体を所定の位置に動かすと、エンジンを切った。強い潮風にあおられないようにしながら、機体から降りる。

「お疲れさまでした」

機付きの整備員が駆けよってくる。しかし表情は硬く、瞳の輝きも弱かった。

「無事でなによりです」

「ありがとう。それよりも再攻撃の件はどうなった。決定は撤回されたのか」

「それが……」

「だめだったよ、三四郎」

背後からの声に振り向くと、トキザネが歩み寄ってくるところだった。まだ飛行服を着ており、手には飛行帽もある。

「増田飛行長から正式に通達が出た。一八〇〇をもって追撃戦は中止。第二機動部隊はハワイに帰投するそうだ」

「そんな」

中山は思わず膝をつきそうになった。身体から力が抜けていく。

「米軍の空母は傷ついている。今、攻撃をかければ沈めることができるのに」

「それは村田飛行隊長も言った。僕も見たままのことを報告したし、他の搭乗員も現状をそのまま語った。あと一撃かければ、確実に仕留めることができると。

だけど、決定はくつがえらなかったんだ。司令部は、これ以上の追撃は危険すぎると判断したみたいだ」

「なんだよ。それじゃ何のために、みんなは死んでいったんだ。空母を仕留めるために出て行ったのに、あと少しのところで逃がすなんて」

第二機動部隊は、一三三〇からアウトレンジ攻撃を敢行し、エンタープライズ級に直撃を与えていた。雷撃で速度は落ち、体当たりで飛行甲板も傷ついていたので離着艦は不可能だった。

艦隊が後退に入ったのも、危険な状態と判断したからであろう。

中山は追撃作戦の決行を信じていたが、洋龍の直掩にあがる直前、中止の知らせを受けた。飛行隊長が抗議に行くということだったので、一縷《いちる》の望みに賭けていたが、結局は駄目だったようだ。

「いったい、溝口はなんのために……」

溝口三郎二飛曹は戦死と認定された。多くの搭乗員が最期を見ており、どうやっても事実を動かすことはできなかった。

いつも彼が座っている席が空いているのを見た時、中山はなんとも言えない喪失感をおぼえた。決して息があっているとは言えない男だった。ちょっとやりにくいと思ったこともあったし、その軽薄なふるまいに腹がたったこともあった。

それでも信頼できる搭乗員であり、共に同じ時間を過ごした戦友であることは確かだった。技量が際立っていただけに、衝撃は大きかった。

トキザネや速水も同じだったようで、彼が報告した時は、二人とも呆然としていた。信じられないというトキザネの言葉は今でも忘れられない。

「溝口だけじゃない。羽田二飛曹も戦死したよ。対空砲火に食われたそうだ」

「まさか」

「艦攻や艦爆にも犠牲が出ている。佐藤一飛曹の機体はエンタープライズに体当たりした。被害は思ったよりも大きい」

海風が飛行甲板を吹きぬける。長かった一日は終わりを迎え、陽光は水平線に触れたところで朱色の輝きを放っている。

トキザネの表情が曇ったままだ。普段、穏やかな表情をしているだけに、その落差に驚いてしまう。やはり彼でもショックを受けるのか。

中山は手を握りしめると、歩き出した。

「どこに行くんだ」

「飛行長のところだ。もう一度、話をしてみる」

多くの仲間が戦死している。彼らの敵《かたき》を取らないで後退はできない。

「やめなよ、無駄だ」

トキザネは中山の前に回り込んだ。

「飛行隊長や中隊長が言ってもくつがえらなかった。増田飛行長も懸命に抗議したけれど、駄目だった。僕たちもそろって文句を言うつもりだったけれど、最後には艦長だけでなく、司令長官まで出てきた」

「本当に？」

「事実だ」

応じたのは速水だった。九八式の裏側から出てきて、トキザネの横に立つ。

背筋を伸ばす中山に、速水は軽く手を振って話をつづける。

「飛行長や艦長も相当に言ってくれたらしい。片桐長官も、できることならば攻撃したいと言っていた。

だが今後のことも考えると、これ以上、搭乗員が喪失する事態は避けたいとおっしゃっていた。派遣艦隊司令部が決断した以上、俺たちにはどうにもならん」

彫りの深い顔は青ざめている。隈《くま》も深く、疲労の色は濃い。あまり表情が変わらない速水には珍しいことだ。

それだけ今回の戦いは厳しかったということなのだろう。

速水は敵機と戦いつつ、小隊長として部下の面倒も見ていた。戦闘空域全体に気を配り、戦友が危険となれば、すぐに駆けつけたのである。

溝口が撃墜された時をのぞいて、速水は自分の任務を完璧にこなしていた。

長い戦いで、速水を含めた多くの搭乗員が疲労している。

機体も傷つき、武器、弾薬も不足しがちだ。

これ以上の戦いは無理なのであろう。それは、理屈としてはわかる。

しかし、こみあげてくる悔しさを抑えることはできない。どうすれば、友の無念を晴らすことができるのか。敵への憎しみは、どうやって晴らせばいいのか。

中山は声を張りあげたいところを懸命にこらえた。口を閉ざして、飛行甲板でうつむく。

速水もトキザネも声をかけなかった。

彼らの周囲をつつむのは、夜を迎えようとするハワイの冷たい風だけだった。

20

九月二四日　瑞穂長官室

山口多聞が長官室に入ると、有馬は立ちあがって彼を迎えた。

白髭を生やした顔には、疲れが強く表れている。身体の動きもいささか鈍いようだ。

時刻は二三〇〇を過ぎており、激戦の日々がつづいていたことを考えれば、就寝してしかるべき頃合いだった。的確な判断力にごまかされがちだが、有馬は老将である。

「申しわけありませんでした。遅くなりまして」

「かまわないさ。今日中に戻ってくるように言ったのは儂だ。決着はつけておかねばならんからな」

有馬は山口にソファーを勧めると、自らはその前に腰を下ろした。

防暑服につつまれた身体は、以前よりやせているように見える。やはり激務ということか。

「それでどうだった。マウマウナ王子は」

「はい。追撃にこだわっていたようですが、最後は納得してくれました。自分の失策で、アカラが大破したのを気にしていたようです。うかつな追撃は危険と材料をあげて説明しましたら、こちらの言い分を聞いてくれました」

「そうか。それはなによりだ」

有馬は息を吐いた。気がゆるんだ表情から、この件をかなり気にしていたことがわかる。

「もし、マウマウナ王子が追撃を主張されたら、厳しい展開になった。米軍の反撃を受けることもありえたからな。思いとどまってくれてなによりだ」

日布艦隊はアメリカ艦隊の後退に合わせて、ハワイ東方海域からの退却を決めた。艦艇が傷ついた現状では、追撃しても戦果はあげられない。増援が来るとはいえ、これ以上の損耗は避けたいところで、有馬は早々に退却を決断した。

後退命令を発信すると、すぐにマウマウナから意見具申が来た。すぐに追撃するべきと明快な文章で語ってきたのである。

もちろん、受けいれることはできない。懊悩《おうのう》する司令官を見て、山口が伝令役を買って出た。直接、マウマウナと話して、長官の真意を知ってもらうためだ。

山口は以前、マウマウナが進撃した時に止めきれず、悔しい思いを感じていた。自分が嫌われ役になってもマウマウナを抑えるつもりだったのに、何もできないままに突撃を許し、米軍の反撃を呼び込んでしまった。

どんな風に思われても、もっと方針を語っておくべきだった。

同じことを繰り返さないためにも山口は駆逐艦に乗り、第一機動部隊と合流した。一時間半にわたる激論の末、マウマウナは撤退に同意した。

荒々しい口調で論議したため、マウマウナの幕僚は山口に憤《いきどお》っていた。作戦参謀のジョー・アオラニは彼につかみかかったほどだ。亀裂は深く、今後の意見交換がむずかしくなる可能性もある。

山口は、自分とマウマウナ司令部の関係も含めて、何が起きたのかをすべて語った。

有馬は、いっさい口をはさまずに聞いていた。ようやく口を開いたのは、彼が静かに目を閉じ、頭を下げた後だった。

「ありがとう、参謀長。おかげで日布艦隊は崩壊せずにすんだ。礼を言う」

「おやめください、長官。私は自分のやるべきことをやっただけです」

山口は両手を振った。

「どちらかというと、自分がやるべきことをやっていれば、もっと被害は防げたのではないかと思っています。艦隊全体に気を配るべきでした」

「王子の件は仕方がない。一度、痛い目にあってみないとわからないこともある。大きな犠牲が出たのは残念だが、王子にはこれを糧《かて》にしてもらうよりあるまい。それが最大の償いとなる」

ハワイ沖の戦いは、マウマウナの突撃でバランスが崩れた。無理して前進した艦隊を守ろうとして、米軍の反撃を受け、大きな損害を出した。

自分が何をしたか、マウマウナは十分に理解している。山口の説明を受けいれたところから見ても、これからは違った判断をしてくれるはずだ。

「今回の戦いは、大きな教訓を残してくれた。王子の件も含めてな」

有馬は静かに語った。その身体を蛍光灯の光が照らす。

広い長官室には、山口と有馬しかいない。従兵も退出しており、完全に閉ざされた空間である。それだけに思い切った話ができる。

「同感です」

山口は言葉を選びながら語りはじめた。

「今回の海戦、よくて引き分け。厳しく見れば、我々の惜敗でしょう。

損傷した艦艇は米軍が上回りますが、回復力を考えれば、敵の罠にはまって攻撃を受けた我々のほうが大きな損害を受けたと言えます。米軍が撤退したのも、増援が姿を見せたからで、我々の実力ではありません」

「敵を褒《ほ》めるしかあるまい。戦艦夜戦の決断は見事だし、漸減策と感じさせない積極的な攻撃もうまかった。なにより我々の援軍が姿を見せると、即座に退却してみせた。なかなかできることではない」

「敵の司令官、かなり優秀ですな」

情報が正しければ、アメリカ艦隊は太平洋艦隊司令長官のリチャードソンが指揮を執っている。知勇兼備の海将という噂は事実らしい。

「技術面でも差があった。とりわけ夜戦能力、あれには驚いた」

「敵は電波探信儀を持っているようです」

電波で敵の位置を把握するシステムは、イギリスがドイツ空軍の迎撃に投入し、一定の効果をあげていた。イギリス空軍は、誘導を受けてドイツ空軍機を迎え撃ち、多数の機体を撃墜しているという。

電波探信儀はイギリスが独自に開発していると山口は聞いていたが、今回の運用を見るかぎり、開発には以前からアメリカが深くかかわっていたように見受けられる。

アメリカの戦艦部隊は、レーダーの運用に慣れており、どのように使えば最大の効果を発揮するか、しっかりつかんでいた。

また、戦艦に大きなレーダーを搭載するには改良が必要で、それは一朝一夕には不可能だ。

「アメリカは旧式戦艦を生かすため、イギリスから長期にわたって技術供与を受け、実用化に向けての布石を打っていたのでしょう。夜戦で日本艦隊を撃破するために準備を整えていたわけで、その点では米軍が一枚上手でした」

他にも技術面で劣っていたところがあり、海戦で不利に働いた。

思いのほか、アメリカ艦隊は日布艦隊を研究しており、戦果を拡大するため、確実に弱点を突いてきた。

「撃退できたのは、運がよかったからです。実力以上の面が多すぎます」

「参謀長の見解は正しくはあるが、いささか味方の評価が辛すぎる」

有馬は笑った。

「状況を正しく分析するのはよいが、卑屈になるのはうまくないな。我々にもよいところはあった」

「す、すみません」

山口は、問題だけを並び立てた自分を恥じた。

短所を非難するのは誰にもできる。長所も積極的に分析し、現状を正しく認識するのがよい参謀のあり方だろう。

山口は、改めて話をはじめた。

「今回の戦いを見るかぎり、アメリカ海軍の航空部隊は我々よりかなり劣っています。兵器、戦術、さらには搭乗員の練度は未熟であり、せっかくの好機を生かすことができませんでした。航空機の運用に関しては、稚拙と言えましょう」

アメリカ軍は開戦劈頭、航空攻撃でオアフを奇襲したが、その後の航空機運用は常識的な範囲にとどまった。艦載機は基本的に空母をねらい、戦艦に対する攻撃は一部にとどまった。

展開した空母もわずか二隻であり、規模は決して大きくない。

戦艦の相手は戦艦であり、航空機はあくまで支援とみなしているようだ。旧式戦艦を空母に改装した日本海軍とは異なり、アメリカ海軍は保守的な航空思想でハワイ沖海戦を戦っていた。

それが日布艦隊にはよい方向に作用した。最終段階でのアウトレンジ攻撃は、米艦載機の航続距離が長かったら不可能だった。

「ハワイ王国海軍の艦艇も、よく戦ってくれました。士気はきわめて高く、劣る技量を補ってくれたと思います」

「防護艦が出てこなければ、アメリカ艦隊の進撃を食い止めることはできなかったかもしれんな」

「基地航空隊も最後には積極的に出撃して、艦隊の索敵にあたってくれました。王国海軍との連携が確認できたことは大きな収穫です」

日本とハワイの艦隊は、国家や人種の差を超えて協力し、アメリカ艦隊と戦った。暴走したのは一部に過ぎず、ほとんどの部隊で統制は取れていた。

連絡の不備から作戦に支障を来すことがなかったのは事実であり、今後は自信を持って共同作戦を展開できる。

「よいところも出ましたし、悪いところも出ました」

「そうだ。苦しい戦いだったが、我々はかろうじて米軍を撃退し、多くの教訓を得た。問題は、この先だな」

有馬はソファーに身体を預けると、手を膝の上で組んだ。間を置いてから話をつづける。

「この先、どうなると見る」

「しばらく戦争はつづくでしょう。アメリカがハワイをあきらめるとは思えません」

ハワイは、アメリカにとって屈辱の地だ。過去の失敗が目に見える形で残されており、何かあるたびに国の誇りを刺激する。

ハワイを併合して、はじめて恥辱の歴史は消える。少なくともアメリカ政府関係者は、そのように思っている。

「同じような戦いが何度かつづくでしょう。アメリカは策をこらし、さまざまなパターンで仕掛けてくるはずです」

「それを撃退するのは、我々の役目か」

「はい。相当に苦しい戦いになると思います」

今回は日本海軍の援軍が来てくれたが、今後も同じ展開は期待しにくい。アメリカは日本にも宣戦布告しており、すでにマーシャルの南方では小競り合いが起きている。

アメリカ艦隊が本格的に攻撃をかければ、日本海軍主力もハワイを支援する余裕はないだろう。

「戦争は、まだはじまったばかりです」

「やむをえんことだ。我々がハワイとの関係を深めた時から、アメリカとは戦うことになるだろうと思っていた。

ここまで来たのだ。いまさらハワイを見捨てることはできんし、そのつもりもない」

有馬は背筋を伸ばすと、力強い口調で語った。

その瞬間、老将の表情から疲れは消えていた。

座っているのは、日露戦争の時代から最前線に立つ海軍屈指の名将だった。

「アメリカがハワイに攻めてくるというのならば、最後まで戦うまでだ。たとえ王国艦隊と派遣艦隊だけになろうとな。アメリカの行動を食い止め、ハワイの独立を守ることこそ、我々の使命だ」

「同感です。できるかぎりのことはしましょう」

「これからも頼むぞ」

老将の言葉に、山口は立ちあがって敬礼した。

有馬も腰をあげて答礼する。

向かい合う二人の意志が一致した時、ハワイ沖の長い戦いは終焉を迎えていた。

21

九月二九日　ワイキキ

中山三四郎はワイキキビーチの東側に出ると、ゆっくりと腰を下ろした。自然と顔は前を向く。

青い海は、夕陽によってオレンジ色に彩られていた。昼の鮮やかな海面は消え去り、どこか哀愁を誘うやわらかい光を放っている。

打ち寄せる波の音色も穏やかだ。

戦時中ということもあって、遊びに出てくる者はいない。

おかげで中山は、一人で暮れなずむビーチの情景を眺めることができた。

人が多くて騒々しい場所は嫌いだ。一人で自分の思いに没入したい。とりわけこんな時は……。

中山は、ハワイの空気に心を預けようとして岩にもたれかかる。

その瞬間、やわらかい声が響いた。

「こんなところにいたんだ。探しちゃった」

驚いて振り向くと、長い髪をした女の子が立っていた。地味な茶のワンピースを着ているのは、時勢を考えたからだろうか。鍔《つば》の広い麦わら帽子がよく似合っている。

橘紀美子が岩の横で彼を見ていた。どこか寂しげな笑顔が顔にはある。

「となり、いい？」

「あ、ああ、もちろん」

「ありがと」

紀美子は帽子を胸にかかえると、中山の横に座った。肩が触れそうなぐらい近い。

中山は激しく動揺した。なぜ、紀美子がここにいるのか。探していたとはどういうことなのか。何を考えて自分の横に座るのか。何もわからない。

息を詰めて、中山は紀美子の横顔を盗み見た。

海を見つめる顔は、いつもと違った。どこか寂しげだ。夕陽に照らされていることもあって、陰影は濃い。

黒い瞳は暗い輝きを放っており、それが夜を迎えるハワイの空に不思議なほどマッチしている。

いつもの陽気さはない。大人びた紀美子の姿がそこにはある。

中山は紀美子を見たまま、何も言えずにいた。

紀美子も無言で海を見ている。

二人は長い時間、口を閉ざしたまま並んで座っていた。

風が吹き、波がざわめく。

夕闇がビーチをつつみこもうとした時、ようやく中山が口を開いた。

「こんなところに来ていいのか。小隊長とお姉さん、いっしょなんだろう」

小さな声での問いに、紀美子は間を置いてから応じた。

「いいのよ。せっかくの機会なんだもん。二人きりにさせないとね。お邪魔虫がついていちゃ、話だって満足にできないから」

真珠湾に帰投した洋龍は、昨日、ようやく最低限の整備を終えた。乗員や搭乗員はひと息つくことができ、半舷上陸が許されたのである。

中山は速水に誘われて、ホノルルの街に出た。のこのことついてきたのは下心があってのことだったが、ホノルルの惨状を見て、それも吹き飛んでしまった。

ホノルルは思ったよりも被害を受けており、焼けた家の残骸があちこちに転がっていた。機銃で穴のあいた看板もあったし、ビルが倒壊して道をふさいでいるところもあった。

街のいたるところで葬儀が営まれているのも堪《こた》えた。哀しみに満ちた人々の顔が絶えることはなかった。

中山は落ち込み、速水と静香が出会うのを見届けたところでワイキキに向かったのである。

「ついてきているっていうから相手をしてあげようと思ったのに、いないいんだもん。探しちゃったよ」

「すまない」

二人と顔をあわせた時は打ちのめされていて、誰かと話す気にはなれなかった。

だが今、こうして紀美子がとなりにいると心が躍る。ハワイの惨状が記憶にあるにもかかわらず、気になる女の子がいると自然と話がしたいと思ってしまう。人の心など現金なものだ。

口をつぐむ中山の横で、紀美子は両足を腕で抱えこむと、顔を膝に埋めた。しばらく間を置くと、驚くほど低い声で話をはじめる。

「溝口さん、死んじゃったんだってね」

「聞いていたのか」

「雪子からね。船が戻った翌日には、連絡があったんだって」

「そうか」

「いい人だったのに。いっしょにいると楽しかった。軽薄だったけれど、どこか真面目なところもあった。空気を読むのがうまくて、人のあいだを取り持つのもうまかったと思う」

さすがに、よく見ている。

中山はハワイへの帰還途上、溝口の遺品整理を命じられた。たいしたものは残っていなかったが、女性の写真とメモ帳が出てきた。

メモ帳には自分の思いが記されており、彼が何を考えているのか知ることができた。

そう、本当に軽薄な男だったら、軍人になるはずがない。女を食い物にして夜の街で生きていただろう。海軍に志願し、搭乗員になって最前線で戦う決断を下すには、それなりの考えがあってもおかしくなかった。

それに、中山はまるで気づかなかった。うわっつらしか見ていなかった自分が恥ずかしかった。

溝口の遺品は、指定した人物のところに届けられた。それが瀬尾雪子だった。

「写真、返してもらって喜んでいたよ。自分のことを好きでいてもらえたって」

写真だけでなく、溝口本人が帰ってくればなんの問題もなかった。二人はまた別の段階にいったのかもしれない。

それが果たせなかった責任は、自分にもある。溝口が追いつめられる光景を見ていたのに、何もできなかったのである。機体が四散する情景を思い浮かべるたびに胸が痛む。

「話を聞いた時は、あたしも泣いた。溝口さんにはいろいろと話を聞いてもらったから」

「話って、どんな?」

紀美子は小さく息を呑んだ。話を再開するには、時間がかかった。

「うまく言えない。ごめん」

「いいさ」

言葉にまとめることができない時もある。自分もそうだ。大事なことであればあるほど、口に出して話すのはむずかしい。

「これからも戦いはつづくのよね」

紀美子はぽつりと言った。小さい声なのに、それは不思議なほどよく通った。

「うん。戦争はまだ終わっていないから」

「向こうが来たら、また出撃するのね。戦うために」

「それが任務だから」

アメリカ海軍を撃退し、ハワイの安寧《あんねい》を守ることが中山の仕事だ。二度とホノルルが攻撃されるようなことがあってはならない。

紀美子を守るためならば、どんなことでもする。体当たりだって辞さない。

「あなたも出撃するのね」

「もちろん。絶対に逃げない」

「だったら、必ず帰ってきて」

中山の左手をやわらかい感触がつつんだ。紀美子が手を重ねていた。驚くほど温かい。

「死なないで。どんなことがあってもいい。必ずハワイに戻ってきて。お願い」

中山は懸命に言葉を絞りだそうとした。

大丈夫。帰ってくる。それだけだ。

しかし、思いは口から出る前に霧散した。

この先、何があるかなんてわからない。約束なんてできるはずがない。

戦いは厳しくなる一方だ。米軍はもっと大きな艦隊をぶつけてくるかもしれない。機体だって最新型が投入されるかもしれない。

その時、自分がどうなるかなんてわからない。あっさり撃墜されて、無惨な最期を遂げることもありうる。むしろ、それが当然なのではないか。

多くの戦友が死んだ。中山がそれにつづかないという保証はなかった。
紀美子には嘘はつきたくない。
中山は、やわらかいハワイの陽光を浴びながらうつむいた。
約束もせず、手を握り返すこともしない。
何もすることなく、ただ波の音を聞きながら、時が過ぎるのを待ちつづけたのである。
（次巻に続く）

◎日本・ハワイ関係史年表

1778年　ジェームズ・クック、ハワイに到着
1779年　クックがハワイで殺害される
1795年　カメハメハ一世、ハワイ王国の建国を宣言
1810年　カメハメハ一世、ハワイを統一
1819年　カメハメハ一世、死去。カメハメハ二世即位
1848年　ネイティブ・ハワイアンの土地所有が認められる
1850年　外国人の土地所有が認められる。外国資本によるサトウキビ栽培が加速
1852年　中国人の移民がはじまる
1868年　日本人の移民がはじまる（元年者の誕生）
1881年　ハワイ王国のカラカウア国王、日本を表敬訪問
1882年　中国人排斥法がアメリカで通過。ハワイでも中国人排斥運動が起きる
1885年　伊藤博文、内閣総理大臣となる。日本人のハワイ移民が再開される
1886年　伊藤博文、山階宮定麿王（東伏見宮）とカイウラニ王女との婚約発表
1888年　東伏見宮とカイウラニ王女が結婚

1893年　ホノルル事件。日本人移民とアメリカ移民が衝突。アメリカ軍が進出
1895年　カイウラニ王女が第一王女を出産
1896年　ハワイでクーデター未遂事件。アメリカ人地主と資本家が政府の転覆をはかるが失敗。アメリカ人は事件以後、政治・経済的に制約を受ける
1922年　ワシントン会議、決裂。海軍艦艇の保有量制限に失敗
1923年　カメハメハ六世即位。ハワイで再クーデター。アメリカ軍も巻きこんでの計画であったが、日本政府とハワイ王国のすばやい対応で失敗。これ以降、アメリカ資本は実質的にハワイから手を引く
1925年　フィラデルフィア条約締結。太平洋の基地強化を制限。一部、建艦にも制限をかける。この時、ハワイの処遇についても話しあわれる
1930年　ロンドン会議、決裂。再度、艦艇の保有量制限に失敗
1940年　日本政府、日独伊三国同盟交渉を打ち切る。ハワイ沖で軽巡デトロイトが沈没。米海軍、雷撃による撃沈と断定

◎日布艦隊

■第一打撃部隊（有馬良橘大将）
戦艦 瑞穂／日波／オアフ
水雷巡洋艦 モアナ
汎用巡洋艦 国見／多良／白浜／マウナロア／キラウェア
水雷駆逐艦×6
汎用駆逐艦×6（ハワイ王国）

■第一機動部隊（マウマウナ大将）
軽空母 アカラ
防空巡洋艦 ラナキラ／カミミ
汎用駆逐艦×8
防空駆逐艦×2

■第二機動部隊（片桐英吉中将）
空母 洋龍／黒鷹
防空巡洋艦 朝熊／黒尾
汎用駆逐艦×8
防空駆逐艦×6

■司令部直属
汎用巡洋艦 ワイキキ
水雷巡洋艦 白根／伊吹

◎アメリカ艦隊

■第15任務部隊（戦艦部隊）
カリフォルニア／テネシー
カンザス／ネブラスカ
20センチ巡洋艦×2
軽巡洋艦×2
駆逐艦×16

■第16任務部隊（空母部隊）
エンタープライズ
ワスプ
軽巡洋艦巡×2
駆逐艦×16

■第18任務部隊（支援艦隊）
ノースダコタ／アリゾナ／ペンシルヴァニア／オクラホマ
20センチ巡洋艦×4
軽巡洋艦×2
駆逐艦×16

◎帝国海軍装備データ

艦船データ（昭和15年9月開戦時）

■戦艦 秋津型

大正・昭和にかけて二回おこなわれた軍縮会議がいずれも合意に至らなかった結果、世界は戦艦の建艦競争に明け暮れることになった。財政的に苦しくなったイタリア／フランス／ドイツ／ロシアが脱落した結果、世界の主力戦艦は、イギリス／アメリカ／日本の三ヵ国のみで建艦されるようになった。

イギリス／アメリカの二大強国に肩を並べ、太平洋の覇権を維持するために戦艦近江型／相模型が建艦されたが、二国がさらに強大な戦艦を計画中との情報があり、日本としても世界最強の戦艦をめざして秋津型が計画された。

同型艦　秋津（就役）　葦原（建艦中）
基準排水量　72,000トン
全長　268メートル　　全幅　38メートル
主機　艦本式水管缶／ギヤード・タービン／4軸
出力　186,000馬力　　　速力　29ノット
兵装　主砲　46センチ50口径連装　3基
　　　高角　15·5センチ2連装　4基
　　　　　　12·7センチ単装　6基
　　　機銃　35ミリ3連装　6基
　　　　　　20ミリ2連装　8基
　　　　　　12·7ミリ単装　20基
その他　水上機カタパルト　2基（4機）

■戦艦 近江型

秋津型が就役するまで、英国のブリテン級／合衆国のカンザス級と同等の性能を誇る、世界第一線級の重戦艦として名を馳せた。現在も一線級の戦艦とされている。

海軍内の別組織となった日布艦隊用に、別会計で『瑞穂』が建

艦された。

同型艦　近江／尾張（就役）
　　　　瑞穂（就役・派遣艦隊配備）
基準排水量　49,000 トン
全長　256 メートル　　全幅　37 メートル
主機　艦本式水管缶／ギヤード・タービン／4 軸
出力　162,000 馬力　　速力　27 ノット
兵装　主砲　40 センチ 50 口径連装　4 基
　　　高角　12·7 センチ 2 連装　6 基
　　　機銃　30 ミリ 3 連装　6 基
　　　　　　20 ミリ 2 連装　6 基
　　　　　　12·7 ミリ単装　16 基
その他　水上機カタパルト　2 基（4 機）

■戦艦 摂津型（第二次改装型）

昭和の海軍軍縮会議の槍玉にあげられた、当時の最先端戦艦。
現在も第二次改装型が現役で配備されている。
日布艦隊の旗艦として長らく就役していたが、近年、近江型にその座を譲った。

同型艦　摂津／豊前／土佐（就役）
　　　　日波（派遣艦隊配備）
基準排水量　38,000 トン
全長　252 メートル　　全幅　　36 メートル
主機　艦本式水管缶／ギヤード・タービン／2 軸
出力　125,000 馬力　　速力　26 ノット
兵装　主砲　40 センチ 45 口径 3 連装　3 基
　　　高角　12·7 センチ 2 連装　4 基
　　　　　　8·8 センチ単装　6 基
　　　機銃　30 ミリ 3 連装　4 基
　　　　　　20 ミリ 2 連装　4 基
　　　　　　12·7 ミリ単装　10 基
その他　水上機カタパルト　2 基（2 機）

■戦艦 岩城型（第三次改装型）

現役としては最古の艦で、大正の軍縮会議で廃艦されそうになったが、会議が決裂したため退役をまぬがれた。

帝国海軍の近代化の象徴として大量建艦されたため、現在、その多くが空母に改装されている。

同型艦　岩城／飛騨／能登（就役）
　　　　オアフ（旧・淡路／ハワイ王国海軍へ供与）
空母改装　安房／十勝／壱岐／対馬
基準排水量　29,000トン
全長　245メートル　　全幅　35メートル
主機　艦本式水管缶／ギヤード・タービン／2軸
出力　89,000馬力　　速力　24ノット
兵装　主砲　40センチ45口径2連装　3基
　　　高角　12·7センチ2連装　2基
　　　　　　8·8センチ単装　4基
　　　機銃　30ミリ3連装　2基
　　　　　　20ミリ2連装　6基
　　　　　　12·7ミリ単装　10基
その他　水上機カタパルト　2基（2機）

■正規空母 天龍型

新鋭の本格正規空母として設計された初めての艦。

この艦型から、命名基準が空にちなんだ名になった。

開戦時において、世界の空母と遜色のない大型艦であるが、いまだに戦艦重視政策をとる合衆国とイギリスからは、運用に関する疑問が投げかけられている。

同型艦　天龍／東龍／西龍（就役）
　　　　洋龍（派遣艦隊配備）
基準排水量　28,000トン
全長　260メートル　　全幅　27·5メートル
主機　艦本式水管缶／ギヤード・タービン／4軸
出力　156,000馬力　　速力　32ノット

兵装　高角　12·7センチ3連装　4基
　　　機銃　35ミリ3連装　4基
　　　　　　20ミリ2連装　8基
　　　　　　12·7ミリ単装　20基
搭載　84機

■軽空母 雲鷹型

予算不足のため、空母機動部隊の補助戦力として、正規空母が配備されるまでの間繋ぎ的な理由で計画された。正規空母配備後は、作戦の補助を担う軽機動部隊を編制する予定。

同型艦　雲鷹／海鷹／天鷹／翔鷹（就役）
　　　　黒鷹（派遣艦隊配備）
　　　　アカラ（ハワイ王国海軍へ供与、太陽の意味）
基準排水量　14,000トン
全長　248メートル　　全幅　25メートル
主機　艦本式水管缶／ギヤード・タービン／2軸
出力　88,000馬力　　速力　30ノット
兵装　高角　10·2センチ2連装　4基
　　　機銃　30ミリ3連装　4基
　　　　　　12·7ミリ単装　16基
搭載　50機

■汎用巡洋艦 橋立型

風光明媚な景勝地の名前が採用された。
軍縮会議の失敗により建艦制限が撤廃された結果、重巡／軽巡などの種別もなくなり、目的に特化された各種巡洋艦が建艦されるようになった。
橋立型は、大正時代の設計／建艦のため旧型化していたが、余裕のある設計だったため、第三次改装を経て、いまも現役最古艦として運用されている。

同型艦　橋立／美保／松島／宮島
　　　　白浜（派遣艦隊）

ワイキキ（旧美浜・ハワイ海軍）
基準排水量　4,600 トン
全長　138 メートル　　全幅　13 メートル
主機　艦本式水管缶／ギヤード・タービン／２軸
出力　68,000 馬力　　速力　33 ノット
兵装　主砲　14 センチ 50 口径単装　４基
　　　高角　10 センチ 50 口径単装　２基
　　　機銃　12·7 ミリ単装　10 基
　　　雷装　56 センチ３連装　３基
　　　　　　ドラム型爆雷投射装置　２基（艦尾両舷）

■汎用巡洋艦 若草型

各地の名のある山の名が採用された。
橋立型の交代艦として計画された、昭和初期設計の汎用艦。
戦艦の大型／重厚化に伴い、本艦も大型化／重厚化がなされている。
帝国海軍現役艦の供与ではなく、建艦からハワイ海軍供与が決定していた初の艦種。

同型艦　若草／二上／大室／塩山／岩菅
　　　　国見／多良／雲早（派遣艦隊）
　　　　マウナロア／キラウエア（ハワイ海軍）
基準排水量　6,600 トン
全長　160 メートル　　全幅　14·3 メートル
主機　艦本式水管缶／ギヤード・タービン／２軸
出力　78,000 馬力　　速力　33 ノット
兵装　主砲　14 センチ 50 口径連装　３基
　　　高角　12·7 センチ 50 口径単装　４基
　　　機銃　30 ミリ２連装　４基
　　　　　　12·7 ミリ単装　10 基
　　　雷装　60 センチ４連装　３基
　　　　　　ドラム型爆雷投射装置　２基（艦尾両舷）

■水雷巡洋艦 箱根型

各地の名のある山の名が採用された。
主力打撃部隊に随伴し、『水雷戦隊』旗艦を担う目的で建艦された。
特化事項は、水雷突入に必要な速度／重雷装／重防御／一撃重視の大型砲。

同型艦　箱根／背振／芽室／大倉／苗場／丹沢
　　　　白根／伊吹（派遣艦隊）
　　　　カイホロ／モアナ（ハワイ海軍）
基準排水量　8,800トン
全長　167メートル　全幅　14·6メートル
主機　艦本式水管缶／ギヤード・タービン／2軸
出力　98,000馬力　速力　35ノット
兵装　主砲　16センチ50口径単装　3基
　　　高角　12·7センチ50口径単装　2基
　　　機銃　30ミリ2連装　2基
　　　　　　12·7ミリ単装　8基
　　　雷装　60センチ4連装　10基

■防空巡洋艦 奄美型

空母機動部隊に随伴し、機動部隊の対空防御を強化する『防空戦隊』旗艦を担う目的で建艦された。
特化事項は、対空装備の大幅な充実と航空電探設備の充実。

同型艦　奄美／高隈／名護／鳥形／笠捨／鞍馬
　　　　朝熊／黒尾（派遣艦隊）
　　　　ラナキラ／カミミ（ハワイ海軍）
基準排水量　6,500トン
全長　158メートル　全幅　13·6メートル
主機　艦本式水管缶／ギヤード・タービン／2軸
出力　72,000馬力　速力　31ノット
兵装　両用　14センチ50口径連装　4基
　　　高角　12·7センチ50口径単装　6基

機銃　40ミリ2連装　4基
　　　30ミリ4連装　4基
　　　12·7ミリ単装　16基
爆雷　ドラム型爆雷投射装置　2基（両舷）

■対潜巡洋艦 佐渡型

各地の島名が採用された。

艦隊随伴から補給線確保まで、戦隊単位で対潜駆逐をおこなう専門部隊の旗艦として建艦された。

特化事項は、重爆雷装備／小口径多連装砲／長期連続運用／潜水艦探知能力の向上。

同型艦　佐渡／小豆／屋代／八丈／三宅／利尻
　　　　奥尻／石垣（派遣艦隊）
　　　　カナロア／ヘキリ（ハワイ海軍）
基準排水量　6,200トン
全長　152メートル　　全幅　13·8メートル
主機　艦本式水管缶／ギヤード・タービン／2軸
出力　63,000馬力　　速力　30ノット
兵装　主砲　12·7センチ45口径3連装　4基
　　　高角　10センチ50口径単装　2基
　　　機銃　30ミリ2連装　2基
　　　　　　12·7ミリ単装　8基
　　　雷装　60センチ2連装　2基
　　　　　　ドラム型爆雷投射装置　6基（両舷）

■汎用駆逐艦 雲型

巡洋艦橋立型と同時期に、橋立型を中心とする戦隊構成を可能とする艦として設計された。

一部は退役しているが、多数が現役。

雲にちなんだ名が採用された。

同形艦　夕雲／巻雲／風雲／八雲／夏雲／旗雲／浮雲／笠雲
　　　　八重雲／雷雲／黒雲／青雲／行雲／薄雲

マヒナ／イアヌアリ／ヘペルアリ／マラキ／ツァペリラ
基準排水量　1,300 トン
全長　102 メートル　　全幅　9 メートル
主機　艦本式水管缶／ギヤード・タービン／2 軸
出力　38,000 馬力　　速力　37 ノット
兵装　主砲　12·7 センチ単装砲　4 基
機銃　12·7 ミリ単装　8 基
雷装　60 センチ 3 連装魚雷発射管　2 基
ドラム型爆雷投射装置　2 基（両舷）

■汎用駆逐艦 星型

巡洋艦若草型に随伴できる能力を持つ艦として、昭和初期に計画／建艦された。
星にちなんだ名が採用された。

同形艦　明星／晨星／景星／軍星／鬼星／寿星／将星／網星／群星／魁星
星原／星夜／星宿／星河／星石／星空／星羅／星祭／星芒／双星
三連星／五星／稲見星／北斗星
基準排水量　1,650 トン
全長　115 メートル　　全幅　10 メートル
主機　艦本式水管缶／ギヤード・タービン／2 軸
出力　50,000 馬力　　速力　38 ノット
兵装　主砲　12·7 センチ連装砲　3 基
機銃　12·7 ミリ単装　4 基
7·7 ミリ単装　2 基
雷装　60 センチ 3 連装魚雷発射管　2 基
ドラム型爆雷投射装置　4 基（両舷）

■水雷駆逐艦 炎型

果敢に敵部隊へ突入するため、箱根型同様の特化項目が適用された。
炎を含む名が採用された。

同形艦　炎天／炎陽／炎熱／余炎／怪気炎／残炎／火炎
ナーウキ／ナハエ／アララー／パク
基準排水量　2,000トン
全長　118メートル　　全幅　10·5メートル
主機　艦本式水管缶／ギヤード・タービン／2軸
出力　50,000馬力　　速力　38ノット
兵装　主砲　12·7センチ単装砲　3基
機銃　12·7ミリ単装　4基
雷装　60センチ五連装魚雷発射管　3基
ドラム型爆雷投射装置　2基（両舷）

■防空駆逐艦 撃型
ひたすら艦隊防空に専念する駆逐艦として設計された。
奄美型と特化項目は同じ。
撃の字を含む名を採用。

同形艦　乱撃／進撃／奮撃／尾撃／痛撃／電撃／撃砕／撃攘／
撃刺／撃鉄
ラニ／マヒナ
基準排水量　2,000トン
全長　118メートル　　10·5メートル
主機　艦本式水管缶／ギヤード・タービン／2軸
出力　50,000馬力　　速力　37ノット
兵装　主砲　10センチ連装両用砲　5基
機銃　25ミリ連装　8基
25ミリ単装　4基
雷装　ドラム型爆雷投射装置　2基（両舷）

■対潜駆逐艦 波型
艦の性格上、海軍の正規部隊とは別に存在する海軍内組織『護衛総隊』の中核艦として、海防艦の旗艦を担うことも考慮に入れられている。
正規部隊に配備されたものは、佐渡型を旗艦とする戦隊に組み

入れられた。

同形艦　巻波／風波／稲波／早波／白波／滝波／岩波／玉波／
清波／敷波／波風／夕波
マカ／リマ／クア／パイオ（ハワイ海軍）
基準排水量　1,350トン
全長　93メートル　　全幅　10メートル
主機　艦本式水管缶／ギヤード・タービン／2軸
出力　38,000馬力　　速力　37ノット
兵装　主砲　12·7センチ単装砲　3基
機銃　25ミリ単装　2基
12·7ミリ単装　4基
雷装　60センチ3連装魚雷発射管　2基
ドラム型爆雷投射装置　2基（両舷）

■潜水艦 亜型
淵型の反省から、日本独自の太平洋運用型巡洋潜水艦を求める声が高まり、初の巡洋潜水艦として設計／建艦された。
亜は、亜細亜の亜。

基準排水量　1,960トン　　水中排水量　2,780トン
全長　96メートル　　全幅　9·2メートル
主機　直列12筒ディーゼル　2基
出力　水上6,200馬力／水中出力2,700馬力
速力　水上19ノット／水中8·5ノット
兵装　40口径12·7センチ単装砲　1門
7·7ミリ機銃　1挺
53センチ魚雷発射管　艦首4門　艦尾2門

■迎撃潜水艦 衛型
王立ハワイ海軍からの懇願で、ハワイ周辺の海域を防衛する目的に特化した小型潜水艦が開発された。
ハワイ特有の急深な海を考慮し、潜水待機時間の大幅延長、潜航深度の画期的な増大、世界最高水準の静粛性が最優先目標と

された。そのために削られた機能として、巡洋機能、高速移動、継続的な打撃力、水上打撃力がある。

構造的には二重船殻だが、内殻の耐圧能力を飛躍的に増大するため、内殻は長球形の4個のポッド構造を耐圧ハッチで連結する構造になっていて、潜水艦というより潜航艇に近い造りとなっている。

これらの特殊構造を可能とするため、艦の断面はおにぎり型の三角形、丸い艦首、艦中心線に沿った駆動軸とスクリュー配置となった。スクリューも静穏性を高めるため、きわめて大きく、ゆっくり回転するタイプが選ばれた。

4個のうちの1個のポッドを圧縮空気貯蓄専用タンクとしたせいで、連続潜航時間が4日と飛躍的に増大した反面、居住空間や機関区域、魚雷室などは必要最小限の大きさに制限された。

乗員も42名と最少数に限定されているため、各員がなにがしかの役目を兼任している。たとえば魚雷担当は糧食担当兼務、発令所勤務は機関員や艦務担当など。これは艦長や副長といった幹部も例外ではなく、時には艦長が機関助手として整備を手伝い、機関長に叱責される場面もある。これによる指揮の混乱を避けるため、現在の役職を示す大きめの胸章の掲示が義務づけられている。

帝国海軍では、重要海域の待機防衛用として、特殊用途にのみ採用している。

同型艦　特潜01号〜22号（帝国海軍）
　　　　アウ01〜33（ハワイ王国海軍／全艦が派遣艦隊所属）
基準排水量　680トン　　水中排水量　850トン
全長　62メートル　　全幅　9·2メートル
主機　直列12気筒ディーゼル／エレクトリック
出力　水上300馬力／水中出力120馬力
速力　水上7ノット／水中5ノット
兵装　60センチ密閉型魚雷発射管・前部左右・計6基（魚雷搭載数12発）

○密閉型魚雷発射管

潜航安全深度160メートル、限界深度250メートルを達成するため、魚雷は浮上時に発射管へ装填され、その後は発射管後部の耐圧ハッチを常に閉鎖することで、魚雷装填／発射時の耐圧能力低下を防いだ。魚雷射出は電気式に魚雷を起動させ、スイムアウト方式で射出される。そのため、再装填には浮上が不可欠となる。

もともと隠密行動的にハワイ周辺海域に潜伏し、待ち伏せによる奇襲雷撃を目的としているため、装填されている6発を撃ち尽くした後は戦闘終了とし、160メートルまで潜航して影をひそめる戦法が確立している。

■防護艦 守型

沿岸防衛用の汎用フリゲートだが、ハワイでの運用を考慮に入れ、外洋航行能力を高めてある。ただし航続距離が短いため、外洋艦隊への配備は難しい。あくまで沿岸および諸島防衛に特化された艦。

日布艦隊の実質的な主力艦であり、活躍が期待されている。

帝国海軍では、護衛総隊に所属する海防艦を束ねる隊旗艦として活躍している。

同型艦　守01～40
　　　　守41～60（派遣艦隊）
　　　　バレ61～80（ハワイ海軍）
基準排水量　1,020トン
全長　78メートル　　全幅　9メートル
主機　艦本式水管缶／ギヤード・タービン／2軸
出力　8,800馬力　　速力　26ノット
兵装　両用　10センチ45口径単装　3基
　　　機銃　30ミリ2連装　2基
　　　　　　20ミリ単装　4基
　　　　　　12･7ミリ単装　6基
　　　雷装　56センチ3連装　3基
　　　　　　ドラム型爆雷投射装置　1基（艦尾）

航空機データ（昭和15年9月開戦時）

■九八式艦上戦闘機
全金属機体、単翼、900馬力台の発動機と、昭和10年代の世界最高水準の艦戦をめざして設計された。
軽空母にも搭載可能なように設計されたため、かなり敏感な操縦を必要とし、新米飛行兵には持てあます結果となった。そこでより大型化・操縦の安定化・高速化をめざし、次世代の一式艦戦が開発中。

機体　空技廠
全長　8·3メートル　　全幅　10·9メートル
発動機　空技廠　亜32型　空冷星型単列9気筒
出力　920馬力　　重量　1,380キロ
速度　490キロ　　航続　1,300キロ
武装　9·2ミリ機銃×1（機首）
　　　12·7ミリ機銃×2（両翼）
爆装　30キロ爆弾×2
乗員　1名

■九六式艦上爆撃機
一部帆布製ながら、全金属製に近い性能を獲得した優秀機。
軽空母に搭載不可能なため、開戦初期には時代遅れになると想定され、開戦に間に合うよう、新型の零式艦爆が量産最終段階に入っている。

機体　中島飛行機
全長　10·2メートル　　全幅　13·9メートル
発動機　中島　嵐21型　空冷星型複列14気筒
出力　1,200馬力　　重量　3,230キロ
速度　430キロ　　航続　1,200キロ
武装　9·2ミリ機銃機銃×1（後部）
爆装　500キロ爆弾×1

乗員　２名

■九七式艦上攻撃機

九六式艦爆同様の構造のため、次世代機の零式艦攻が待たれている。

機体　三菱飛行機
全長　10·2 メートル　　全幅　14·6 メートル
発動機　三菱　イ 22 型　強制空冷星型単列 13 気筒
出力　1,100 馬力　　重量　3,550 キロ
速度　400 キロ　　航続　1,200 キロ
武装　9・2 ミリ機銃機銃× 1（後部）
爆装　航空魚雷× 1 もしくは 800 キロ爆弾× 1
乗員　３名

■九九式軽艦上爆撃機

正規の艦爆を離艦させられない軽空母／航空機運搬艦のため、複葉の九五式水上偵察機を改良した軽艦爆が制式採用された。金属骨格／帆布製の単翼と胴体を持つ単翼機のため、軽い機体による軽快な機動を可能としているが、焼夷弾などの被弾で炎上しやすい欠点がある。防弾性能も、ほぼ皆無。
開戦劈頭での損耗が危惧され、次世代の一式軽艦爆が急ぎ開発されている。これは一式水上機と姉妹機となる予定。

機体　立川飛行機
全長　8·8 メートル　　全幅　10·9 メートル
発動機　空技廠　亜 32 型　空冷星型単列 9 気筒
出力　920 馬力　　重量　1,580 キロ
速度　360 キロ　　航続　1,000 キロ
武装　9·2 ミリ機銃機銃× 1（後部）
爆装　250 キロ爆弾× 1
乗員　２名

■九六式水上偵察機

機体　中島飛行機

全長　8·8メートル　　全幅　10·8メートル

発動機　空技廠　亜32型　空冷星型単列9気筒

出力　920馬力　　重量　1,370キロ

速度　280キロ　　航続　900キロ

武装　7·7ミリ機銃機銃×2

爆装　30キロ爆弾×2

乗員　2名

RYU NOVELS

日布艦隊健在なり

米軍、真珠湾奇襲！

2014年12月23日　初版発行

著　者　羅門祐人《らもんゆうと》　中岡潤一郎《なかおかじゅんいちろう》

発行人　佐藤有美
編集人　渡部　周
発行所　株式会社　経済界
〒105-0001 東京都港区虎ノ門 1-17-1
出版局　出版編集部☎03(3503)1213
出版営業部☎03(3503)1212
振替　00130-8-160266
ISBN978-4-7667-3215-3

印刷·製本／日経印刷株式会社